寻找烈士王继才

陈聪　李响　著

中国青年出版社

习近平对王继才同志先进事迹作出重要指示强调

要大力倡导爱国奉献精神
使之成为新时代奋斗者的价值追求

新华社北京（2018 年）8 月 6 日电　中共中央总书记、国家主席、中央军委主席习近平近日对王继才同志先进事迹作出重要指示强调，王继才同志守岛卫国 32 年，用无怨无悔的坚守和付出，在平凡的岗位上书写了不平凡的人生华章。我们要大力倡导这种爱国奉献精神，使之成为新时代奋斗者的价值追求。

习近平指出，对王继才同志的家人，有关方面要关心慰问。对像王继才同志那样长期在艰苦岗位甘于奉献的同志，各级组织要积极主动帮助他们解决实际困难，在思想、工作和生活上给予更多关心爱护。

王继才生前是江苏省灌云县开山岛民兵哨所所长。开山岛位于我国黄海前哨，面积只有两个足球场大，战略位置十分重要。1985 年部队撤编后，设立民兵哨所，但因条件艰苦，先后上岛的 10 多位民兵都不愿长期值守。1986 年，26 岁的王继才接受了守岛任务，从此与妻子以海岛为家，与孤独相伴，在没水没电、植物都难以存活的孤岛上默默坚守，把青春年华全部献给了祖国的海防事业。2014 年，王继才夫妇被评为全国"时代楷模"。今年 7 月 27 日，王继才在执勤时突发疾病，经抢救无效去世，年仅 58 岁。

目 录

尾 声 ———————————————————————

寻找"王继才们"

后 记 ———————————————————————

守护好每个人心中的开山岛

引 子

"我用铁床堵住门，蜷在角落里，抽烟喝酒壮胆。"走上孤岛第一天，风雷的怒吼把他逼到营房一角，整宿失眠。

"就把我埋在岛上，一辈子陪着国旗！"巡岛时，他摔落山崖断了两根肋骨，差点丢掉性命，却说出这样的誓言。

绝望着、渴望着，孤独着、绽放着。

从前，有名守岛的民兵叫王继才。

世人对他有热情的支持、由衷的敬意，也有质疑的声音与不解的谜团。

2018年7月27日，他在开山岛巡逻时，永远地倒下了。

"守岛烈士王继才"的名字却响亮了。

千千万万个平凡的"王继才们"站了起来，他们在寻找烈士王继才，不再绝望、不再孤独。

开山岛。李响摄

第一章

1986 年 7 月 14 日，登岛第一天

江苏灌云开山岛，现实版的《荒岛余生》

"1986 年 7 月 14 日早上 8 时 40 分。"

王继才把这个登岛的时间记到了"分"。

01
不倒的苦楝树，不倒的海魂

仿佛远古时代被海风冲入大海的一块石子，千百年来，泥沙聚集，一个如馒头一般的小岛嵌在茫茫黄海中，与陆地遥遥相望，阻隔着现代文明的抵达。

2018 年 7 月 27 日，在这个地图上几乎无法找到的岛上，一个孤独行走的身影突然僵住，继而慢慢昏倒在地。

阳光正在他身后筛下沉沉的暗影。

王继才隐约明白，自己的时间要到了。

这一天，他刚刚准备了一面新国旗，准备在即将到来的八一建军节升起，献给这座小岛，献给最亲爱的祖国。

这是开山岛上很有仪式感的一件事：王继才负责展开国旗，用沙哑的喉咙响亮一喊"敬礼"，妻子王仕花应声敬礼、注视国旗，尽管动作并不规范。

"国旗是我们中华人民共和国的象征，开山岛虽然小，但它是祖国的东门，我必须插上国旗。"王继才这样解释他们对升旗仪式的"较真"。

可就在这一天，一阵急剧的心痛突然袭来，比以往的疼痛感都强烈。他一手捂住胸口，准备回到营房里歇一歇，可刚迈出两步，眼前一黑，就跌倒在了营房旁的环岛台阶上……

"等不到了……升起这面国旗……"王继才遥望着极远处海面与苍穹相接的地方，又一次回想起刚刚上岛的那一天——1986年7月14日，早上8时40分。

那是怎样的一天呢？

那天的海水，是否也裹挟着黄沙翻滚咆哮？

那天的阳光照在海面，是否也反射出刺眼的光亮？

那天他的心里，是否也如今日一样，万般感慨，却不知如何宣之于口？

日子久了，粗冽的海风、炽烈的阳光在他的脸上、身上留下一道道沟壑，可32年前的承诺、岛上入党时的誓言、狂啸的海风、漫天的银河、妻子王仕花的情歌、扔进垃圾箱里的辞职报告……纷繁的往事如过电影一般在脑海中闪现，最后定格成三个字：开山岛。

当初用坏的收音机已经不在了，可巡逻时把两人拴在一起的背包绳还在；

当初流窜上岛的"蛇头""混混"已经绝迹了，"王开山"和"孤岛夫妻哨"的故事却流传了下来！

守岛的初心始终如一，正如王继才的那句话："守岛，就是守国！"

一日的坚守或许不难，数十年的坚守却弥足珍贵。

王继才，用32年如一日的无悔付出，履行了当年的庄严承诺——守岛，守到守不动为止。

岛上种活的第一棵苦楝树，成为他一生的写照：扎根海岛，耐潮抗风。毫不起眼，却发挥着不可替代的作用，就像妻子王仕花所说，树和人一样，"苦苦地恋着海岛"。

就这么守了一辈子，恋了一辈子。

一年后。

2019 年 8 月 31 日下午 4 时许，王继才的铜像在开山岛揭幕。

伴随着阵阵海风，由中国美术馆馆长吴为山创作的、扶着望远镜凝视远方的王继才铜像缓缓显现，似守护神般矗立在岛上。

落日的余晖中，铜像似乎被注入了王继才的灵魂，人们耳边又回想起他常说的那句话："家就是岛，岛就是国，守岛就是卫国，我要用一辈子的时间守卫开山岛。"如今，王继才终于永远地留在了开山岛，践行他一生守岛的诺言。

"一个有希望的民族不能没有英雄，一个有前途的国家不能没有先锋。"习近平总书记道出了中华民族从黑暗走向光明的力量所在。

时光流转，在很多人心中，王继才没有离开。

他像岛上的灯塔一样，每逢傍晚都会亮起，用无怨无悔的坚守和付出，为千千万万新时代的奋斗者指引方向。

02
从农民到民兵：命运打开一扇窗

1960 年 8 月 25 日，第十七届夏季奥运会在意大利罗马举行。

占当时地球约五分之一人口的中国大陆，却没有任何一名运动员参赛。

当时的中国，正经历一段特殊的历史时期。严重的自然灾害使得粮食产量大幅下降，副食品供应紧张。

就在这年 8 月的一个夜晚，江苏省灌云县鲁河乡的一户农家，一个男孩呱呱坠地。

为了生下这个孩子，一家人在半年多的时间里，都勒紧裤腰带过日子，把粮食都省给怀孕的女人吃。

"是个男孩！就叫王继才吧。"父亲王金华早已把名字想好，希望这孩子长大后成为一个有用的栋梁之材。

王金华是一位老党员，解放前就在游击队加入了中国共产党，解放后到地方工作，任公社副书记。男孩的母亲魏家芳是个善良的妇女，这辈子一共养活了8个孩子。由于王继才是第二个出生的男孩，便得了"二牛"的乳名。

在那个时代，大多数中国农村家里的孩子都走着一条相似的人生轨迹：一边上小学一边帮忙干农活，运气好的可以上到初中、高中毕业，然后继续回家种田，娶妻嫁人生子。

在刚开始的一个阶段里，王继才的轨迹很精准：

上小学时，他就可以胜任家里大多数的农活。农忙时耕地插秧，农闲时割草喂猪，春分夏至秋收冬雪，所有节气时令他都烂熟于心。

在学校里，王继才最爱打抱不平，经常会教训那些欺负人的坏孩子，自己也常因为"拔刀相助"而遍体鳞伤。

放学后，他喜欢跟同龄的孩子玩一种名叫"斗鸡"的游戏——各人抱起膝盖、金鸡独立，相互撅顶碰撞，能坚持站立到最后的人便获得胜利。

每当逢年过节，亲戚朋友问他长大后想做什么，他总是斩钉截铁地说："我想当兵去，保家卫国！"

改革开放的第一年，18岁的王继才从高中毕业了。

怀着满腔热血，王继才报名参军，不料年迈的父亲突发疾病，身体状况急转直下。弟弟妹妹们还小，为在家照顾父亲，王继才默默把填好的应征入伍报名表压在枕底的床单下面，再也不提。

十多年来日思夜想的参军梦碎了。连续好几个月，王继才饭茶不思，瘦了十多斤。

"想去就去吧，不要因为我耽误你的前程，"老父亲看出了儿子的心思，"我没事，在家里还有你妈照顾。"

"当兵太危险了，我倒宁愿你平平安安地过一辈子。在家种地没什么不好。"孩子能够健康平安地长大，是母亲最大的心愿。

为不让父母担心，王继才承担起家里更多重活累活，强行让劳累占据大部分时间，晚上倒头就睡，让自己无暇思虑其他。有时，他也会想，要是能为了保家卫国累成这样，该有多好啊。

直到一天，家里收到来自灌云县人民武装部的一纸通知——符合年龄和有关条件的青年被编入民兵连，王继才成为了一名民兵！

王继才拿着通知，飞跑到灌云县武装部，领了新的迷彩民兵制服，一回到家，兴奋地仰头躺在屋外的露天藤床上。

这天夜里，王继才激动得一宿没睡，辗转反侧。

那个满天繁星的夏夜，王继才感觉心中逐渐燃起点点光亮。邱少云、黄继光、董存瑞……他的脑海里回荡着这些闪光的名字，那些名字仿佛带着光亮逐渐飞舞到深蓝的夜空中，和满天星斗汇聚起来，熠熠生辉。

命运，从此为这个农村孩子打开了一扇窗。

03
从"营长"到"野人"：决定一生的选择

当了一名民兵以后，王继才时刻牢记自己肩负着一种保家卫国的神圣使命。虽然没有在前线奋勇抗敌的机会，但多做几件助人为乐的善举，也让王继才觉得不算辱没了民兵之名。

1980 年 2 月的一天，王继才在给母亲买药途中，救了一个被摩托车司机撞倒的年轻小女孩；

1985 年，民兵进行例行冬季军训，灌云县人武部抽调王继才参加。大冬天晚上睡觉天气冷，王继才把自己的被子抱给身体弱的同志，自己则钻进厨房的草堆里对付一夜。

由于为人憨厚老实、熟练掌握生产技能和民兵执勤任务，年轻的王继才很快就被推举为民兵营长，王继才的名字，也在县人武部领导那里挂上了号。

似乎每一天的时间都稀松平常地向前流动着，直到 26 岁的那年。

王继才根本想不到，他此后的一生会在这一年发生不可逆转的转折。

1986 年 7 月的一个上午，正在村里巡逻的王继才接到电话通知，让他即刻启程赶到县人武部，部长王长杰有"重要任务"需面授机宜。

来不及换下身上民兵服的王继才，赶紧跑到村头的县道连接处，边等车心里边打起鼓来：有什么重要任务电话里不能讲？什么样的重要任务会落在我一个小小民兵头上？而且还需要部长亲自交代？

当云朵被落日镀得层层金边时，心里满怀疑虑的王继才抵达灌云县人武部大院。

这里他是常来的，作为民兵营长，他定期要来这里汇报工作。

他轻车熟路地来到三楼的部长办公室，推门而进。时任灌云县人民武装部部长的王长杰正坐在桌前微笑地看着他，眼神里满是期许。

"报告！"王继才立马条件反射似的跺脚立正敬了军礼。

"快进来吧。王继才，组织上要交给你一个艰巨的任务。"王长杰起身，让王继才进门坐下。

王继才感到自己脑袋里血流不断加速，浑身汗毛都竖了起来，莫名紧张起来。

"这个任务，和开山岛有关。"不等王继才应声，王长杰主动抛出话题。

王继才曾经跟着人武部一起到开山岛上进行过训练，知道开山岛是黄海的海防前哨，岛上长年驻扎着解放军战士。由于条件艰苦，远离大陆，岛上风高浪大，大家都叫它"水牢"。

突然，一个念头电光石火般在王继才脑海里闪过：听说不久前，岛上的解放军撤离了，开山岛开始换由民兵值守。难道这件事和部长所说的"艰巨任务"有关？他想起来了，听说县里曾派了几批民兵上去守岛，但全部做了"逃兵"，无一例外。

"王继才，你听说了吧？驻军的一个守备连从开山岛撤出来了。"

没等王继才回答，王长杰接着说，部队从开山岛撤下来，是"四化"建设的需要。四个现代化，其中就有一个是"国防现代化"。目前，世界军事变革风起云涌，发生在近几年的几场战争，给了我们很多启示，其中之一就是各国军队纷纷通过裁减军队人数、调整编制体制、优化军兵种结构等措施来增强部队的高科技含量，提高部队战斗力，而开山岛守备连的撤离，正是我们军队走强军之路的必然措施。

王继才心里开始想着县里派民兵守岛的事情：军队既然已经从这个岛上撤出，那证明这个岛的军事意义也没有那么重要了？

仿佛是看穿了王继才所思所想，王长杰接起话头说："但是，现在部队撤离了，并不是说开山岛可以不守了。相反，越是在这种情况下，开山岛越有驻守的必要。别看它就是一座海上孤岛，它其实是一处军事要地，1939年日军侵占连云港，就是以开山岛这座小岛做跳板，通过舰船换乘，在燕尾港灌河口一带登陆上岸的。"

"说了这么多，"王长杰顿了顿，语气变得郑重起来，"县武装部的领导经过慎重研究，考虑派你去守开山岛。"王长杰拍了拍王继才的肩膀，猛地把他从思绪中拽回了办公室。

王继才蒙了。他听见自己脑袋嗡——的一声炸了：我去守岛的话，谁来照顾家里的父母妻女？家里的农活谁来干？

"岛上条件艰苦，交通也不方便。你可以再慎重考虑考虑，不必着急现在做决定，组织上会充分尊重你的意见，"王长杰看出了王继才的顾虑，补充道，"不过，就我们对你的了解，相信你能够完成好这个任务。"

王继才心里明白了，这是任务，也是命令。

他很想把家里的实际情况跟部长拿出来摆一摆，缓过这一时，博取组织的谅解。

他也很想立刻跺脚立正敬上军礼，大声喊道："王继才保证完成任务！"

但他突然感觉喉头被什么东西堵住，不会说话了；两条腿里灌满了铅，也不会立正了。

王长杰知道，此刻王继才心里正在做着激烈的思想斗争，便不再说什么，细细打量起眼前这个正兀自出神的小伙子：黝黑粗糙的皮肤暴露了他常年劳作的习惯，细密汗珠正逐渐布满额头，头发根根直立，发型像个倒置的铁锹，四肢粗壮，不修边幅，眼神透着一股耿直和刚强，是个典型的老实人。

这场景让他想起此前叫来办公室的几批民兵，他们年龄都跟王继才差不多，但不论是当场拒绝、同意还是回家后再考虑，上岛后没一个留得下来，最短的当天就跟着船回来，最长的只坚持了 13 天。不知这个王继才能待多久？王长杰心里琢磨着。

"报告部长，我得回家准备一下。毕竟上有老下有小的。"一个坚定的声音传进王长杰的耳朵，只见王继才认真说道，"不过我保证，一定把小岛守好。"

　　等王继才赶回家时，鲁河乡的天已经染上一层墨蓝的影。回到卧室，王继才轻手轻脚地爬上床，怜爱地看着熟睡的妻女，疲惫但不舍入眠。

　　睡在身边的，是王继才的漂亮妻子王仕花。

　　王仕花是在鲁河小学工作的民办教师，也是乡里的文艺骨干，能歌善舞有文化不说，人也长得周正。乡里倾慕她的小伙子不少，但她看上了王继才的为人，便也不嫌弃他家人口多、负担重，和王继才走到了一起。婚后他俩生了一个女孩，取名王苏。王继才家里虽不富裕，但靠着勤劳的双手建起的这个家里，一家人也算是其乐融融。

　　整个晚上，王继才都在反复思虑中辗转反侧。关于人武部派他守岛这件事，他完全不知如何向王仕花说起。天平的两边，一边是家，另一边是国；一边是作为儿子、丈夫、父亲的应尽责任，另一边是对组织许下的承诺。他脑海里不断浮现出"烽火连三月，家书抵万金"的场景，但更多的时候是"先天下之忧而忧，后天下之乐而乐""天下兴亡，匹夫有责"这些豪迈的词句。

　　王继才心里已有一个令他热血沸腾的想法，但他决定先问问父亲的意见。

　　第二天早上，王继才刚起来，就发现二舅魏加明来家里串门了。

　　二舅是王继才的偶像，这位老人 16 岁就参加革命，身经无数次战斗，抗日战争和解放战争中，都有他浴血奋战的身影。他曾多次立功、多次负伤，至今身上还留有几块弹片，是一位二等甲级伤残军人。

　　王继才曾听二舅讲过他打仗中九死一生的经历。在解放战争时，二舅当时是解放军某部的一位连长。一次守阵地时，原计划是阻击一个排的敌人，结果侵袭的敌人来了一个连，后来又来了两个营！二舅这个连支持不住了，但师部不停地传来信息：一定要坚持住，一定要坚持住，援兵马上就到……

"敌人那个机枪打得猛啊，一扫我们就倒下一大片。"但二舅硬是咬紧牙关顶住了。援兵到时，全连只剩下五个人。二舅搂住增援部队的连长，抱头痛哭。

王继才正回想这些故事时，二舅一眼看见王继才，就对他说："二牛，你爸跟我说了，人武部派你去守开山岛，这件事是我们家的光荣，二舅全力支持你！但是有一点你要记住了，上级交给我们的阵地千万不能丢，丢了就是逃兵，丢了就是人民的敌人！"

王继才的父亲也是解放前入党的老革命，他对王继才说："二牛，王部长已经跟我说了，说人武部决定找你去守开山岛，我已经跟部长表了态，完全支持你去守岛！"

王继才不知道原来王部长已经提前跟家里说过这件事。父亲的态度最终帮助王继才下了这个决心："爸，我明白了，我去守开山岛，完成好组织交办的任务。"

父亲点了点头："很好！二舅的话你记住了吗？"

王继才说："记住了。"

父亲说："打江山时，你们没有参加；你去守开山岛，守江山你参加了。我们老王家出了你这么一个守江山的，这是我们全家人的光荣。你要记住，一定要给我们守好了，不要丢了我们老王家的脸，不要丢了你二舅的脸，否则你就不是老王家的种！"

"老爸，我一定不辜负你和二舅的嘱托！可如果我去守开山岛，就不能在你和妈面前尽孝了。"王继才想到自己这么一别，不知何时完成任务回来，心里不免有些愧疚。

"傻二牛，孝有大孝、中孝、小孝，为国尽忠是大孝。你能为国尽忠，我就满足了！"

说到此，王继才心中踏实了许多，只觉得阵阵豪情涌了上来。

直到出发前一天的晚上，王继才才把自己的决定告诉母亲。母亲纵有许多不舍，架不住父亲态度坚决，她也不好再说什么，只是担心王继才一人在岛上生活没有个着落。

次日凌晨，王继才摸黑拿上早已收拾好的小包行李，轻声出门。尽管部长捎信过来说，守岛什么都不用带，组织上已经把一切都准备好了，但王继才还是带了两套贴身的衣物，一张和王仕花、王苏的合影照片，一柄木质弹弓和一把铁制小榔头。

此时，鲁河村的天还没亮透，夜空中的繁星渐渐从天

王继才当年随身带上岛的一家三口合影。左起：王仕花、王苏、王继才。
中共灌云县委宣传部提供

幕中隐去，村里各处间或传出鸡鸣狗吠。王继才大步流星地走向村口。不知为何，王继才不敢回头，他怕只看一眼，身后太过熟悉的一砖一瓦就会停滞他前行的脚步……

燕尾港是国家一级渔港，是距开山岛最近的一个港口。

按照约定好的时间来到燕尾港码头时，王继才发现海面上已经蒸腾起一层蓝蓝的薄雾。薄雾中，一个人影静静站在泊口，背后的渔船随着呼吸般的海浪缓缓上下起伏着。

见王长杰已经提前到码头等他了，王继才快步上前。

"我还以为你不来了呢。"王长杰的话音打破了码头上沉静的空气，"家里人没来送你吗？"

王继才憨笑一声："太早了，小孩还没起床。"

"赶紧上船吧，不然浪大了！"人武部的同志帮忙把一个装得满满的蛇皮口袋装上船，王长杰就带着王继才和人武部的军事科长一起上船了。

渔船的柴油发动机开始轰鸣起来，螺旋桨搅起浑浊的海水里的泥沙，在船尾劈出一条淡黄色的行驶轨迹。

王继才伫立船尾，努力眺望着西边陆地的方向。暗影中的码头不断地缩小、变淡，没过多久，就彻底消失在海平面下，再也找不到了。

盛夏的海风吹得王继才眼睛干涩，他不禁揉了揉眼睛。

"这么快就想家了？"不容王继才解释，一旁站着的王长杰说道，"开山岛离陆地大概 12 海里，如果一切顺利，一两个小时我们就能到了。"

王继才点了点头。船老大见部长领来一个新面孔，笑道："这都数不清第几个啦。"王长杰听了有点不大舒服："好好开你的船吧！"

小船继续向东行驶着。海面雾很大，几乎没有其他渔船。从陆地到开山岛的航线上有几块暗礁，能见度差时会有触礁的危险，只有经验丰富的船老大才敢在这样的天气出海。

王继才想辨认清楚小船前进的方向，但他发现小船像在云雾里飘浮，船头船尾虽然近在咫尺，却已经看不见了，只得作罢。他突然想起部长上船时带的那个大口袋，便好奇问道："部长，你怎么还拿了个袋子，里面装的是什么啊？"

王长杰说："主要是你一个月的口粮，土豆、洋葱、大米这些。你上岛打开就知道了，里面还有惊喜。"

话音未落，小船猛地前后摇晃起来，王继才一个踉跄，差点没站稳跌到海里去。

"浪大，你俩都把稳了！"船老大拉长声音说道，"遇大浪——走浪尖——"

随后的航行时间里，这艘小船成了大海里的跷跷板，不断上下颠簸起伏着。忽而被抛上波峰，忽而跌入浪谷。第一次出海的王继才有些不适，感觉喉头发酸、嘴里发咸，便靠着小船一角蜷缩起来。

眩晕感稍稍减轻了一些。王继才盯着四周的一片迷雾，半眯起眼睛胡思乱想起来：这时王仕花也该起床了吧，找不到我她会不会担心呢？守岛任务也不知有哪些，不知道我一个人能不能完成好？万一遇到偷渡的人和特务怎么办……

也不知过了多久，船体发出咚的一声闷响，只听船老大吼一声"到了！"王继才一睁眼，发现部长已经好整以暇地等着他了。王继才往起一站，两条腿一使劲儿便瘫软起来，像踩着几尺深的棉花。他刚想解释一下，还没来得及吐出一个字，便哇的一声把早饭全吐了出来。

这让王继才羞得满脸通红。部长安慰道："你这比我第一次强多了。"

在部长搀扶下，王继才一步一晃地下了船。登上开山岛的时候，筋疲力尽的王继才不禁瘫坐在地，下意识地低头看了下出发前父亲送的老式机械手表。秒针嘀嘀嗒嗒地不停跑动着，时针分针组成一个小小的锐角，指示着 8 点 40 分。

王继才调整了下呼吸，深吸了一口气。新鲜的海风裹挟着咸腥的味道扑面而来，一下钻进他的五脏六腑。眼前光秃秃的像馒头一样的小岛，打碎了他在路上的所有幻想。王继才只得暗暗给自己打气："我就上去守一阵子，实在不行再申请下岛。再不济，比之前那些人待的时间长些就行了！"

04
点亮一盏煤油灯：探秘开山岛

"石多水土少，台风四季扰。飞鸟不做窝，渔民不上岛。"当地流传着这么一套开山岛的顺口溜，是这个馒头大的小岛的真实写照。

关于开山岛的由来，曾有这样一个传说。相传二郎担山赶太阳从灌河经过，掉下一块石子，后长成小岛，经过沧桑变迁，这座小岛绿树成荫，香飘岛外，炊烟缕缕。岛上人家以捕鱼为生，和睦相处，安居乐业。

有一天，一只装满铜钱的大船从这里经过，一个海龟精趁机作怪，掀起数丈浪头。眼看大船要沉没，船民们发现小岛，遂拼命将船驶于岛下，把铜钱搬进岛上山洞藏起来，海龟精半夜偷摸上岛，喷出毒气，把岛上的人和树木都毒死了。从此，这座瑰丽多姿的小岛，变成光秃秃的山石岛。

许多年后，有一对年老的夫妇常来小岛附近捕鱼。一天，他们正欲收网时，忽然刮起大风，掀起巨浪，老人好不容易把渔船摇傍到小岛，登岛避风，不一会就因疲劳睡着了。醒来时，已是半夜时分，老两口被冻得直打哆嗦，老头不知从哪儿摸出一支"芦秆"站起来活动身子。忽然间身后山上开出一个一人多高的洞口，里面黑黝黝的，什么也看不清。老两口想去洞中避寒，刚行几步，脚下发出金属撞击声，老头伸手拾起几块一瞧，原来是铜钱。老两口忘了劳累和寒冷，把铜钱一摞摞往外搬。

太阳出来了，大海恢复了平静。老两口将满载铜钱的小船摇离了小岛，回到了渔村。后来，渔民们纷纷按老人的指点去取宝，小岛找到了，洞却不见了。原来老人挂着的"芦秆"是打开洞门的钥匙，老人走时，忘在洞里了。尽管人们找来很多粗壮的芦秆，想打开洞门，可都扫兴而归。从此，人们便称这无名小岛为铜钱山。又过了很多年，人们企望获得山肚里的铜钱，又将这座小岛改叫开山岛。

建国以后，党和政府高度重视开山岛的建设，派了解放军一个工兵连进驻开山岛。渔民打鱼每每经过，总听着这个连在开山岛整天叮叮当当轰轰隆隆，不分昼夜地搞军事建设，修战壕、筑堡垒、开山洞、挖壕沟……当地的一些消息灵通人士每每提到开山岛，总是神秘地耳语着：

黄海中的开山岛。顾炜摄

"开山岛几乎被解放军掏空了，山洞里安装的都是解放军最先进的武器！"

"山上的炮筒子比洗脸盆子还粗……"

灌云县里的人们放心地笑了，说我们老百姓总算可以睡一个安稳觉了。

关于开山岛还有不少很邪乎的传说，说岛上的蒿草里有害人的双头蛇，

开山岛。李响摄

有目如铜铃、口如血盆、专吃人心肝的海怪，山崖下有吃人的大鲨鱼，山上有海盗出没，岸边还漂着海中遇难者的尸体，当地人称"大元宝"……但王继才对这些传说从没放在过心上。

一起登岛后，王长杰带王继才在营房安顿下来。与其说是营房，不如说是石头垒砌的几排小棚。随后，部长拿出一本崭新的笔记本，封面上印

着"海防日志"几个字。他在扉页重重写下一串代码，递给王继才。

$$N\ 34°31'47''\ E\ 119°52'01''$$

"这是开山岛的经纬度定位，你要时刻牢记在心。"

王继才回忆起高中地理课上的知识，小心翼翼地问道："是北纬34度31分47秒、东经119度52分01秒？"

"很好！"王长杰表扬道，"我们出去看看吧，我带你熟悉一下小岛，交代一下日常的任务。"

"开山岛位于我国的黄海前哨，距离最近的陆地是西边的燕尾港，大约12海里。

"小岛面积约13000平方米，相当于两个标准足球场大小。

"开山岛周围，有砚台石、大狮、小狮、船山四块礁石，涨潮时海水淹没石顶，明礁变成暗礁，很危险。"

王长杰领着王继才爬到开山岛最高处的一处平台，举目四眺。此时骄阳似火炙烤着小岛，早上的浓雾已经彻底散去，黄海显示出它本来的威力，海浪不断拍打在古铜色的嶙峋石壁上，发出阵阵骇人的巨响。

"就这么一个不起眼的小岛，却有着很重要的战略位置，它离日本列岛仅不到900海里。

"1939年2月，侵华日军就以开山岛为跳板侵占连云港。新中国成立后，开山岛被列为一级军事禁区，我们有一个连的解放军官兵驻守岛上。

"1985年底，守岛官兵撤防。省军区随后在这里设立了民兵哨所。"

海风猎猎，王继才思绪万千。他仔细听着王长杰的每一句话，默默记在心头。他感到自己肩上肩负着一副很重的担子。

开山岛。李响摄

沿着峭壁而下，王长杰接着带王继才来到小岛的最南侧。在一处不起眼的岩洞口，有扇厚厚的铁门。

　　"继才，这扇门后面是岛上的军事坑道，大概有百米左右长，里面四通八达，可以分别通往小岛底部的四个出口。以前这是战备时的紧急通道，现在和平年代，也需要维护好，别让铁门生锈，别让坑道内壁开裂。你需

开山岛上的坑道。李响摄

要定期检查，但里面潮气重，煤油灯容易灭，要千万小心。"

王继才拉开铁门瞅了一眼，黑洞洞的坑道，除了门口几米，里面啥都看不见。一股寒气嗖地从里面涌了出来，王继才感到很解暑，便笑道："这里可真凉快！"

"这可不是乘凉的地方，"王长杰加重了语气，"坑道里面湿气很重，待久了会得风湿病。"

王继才悻悻地关上沉重的铁门。

随后，王长杰又让随行的人武部军事科长交代王继才如何记录海防日志，如何使用望远镜瞭望海情，如何在观测站查看各项气象数据，如何使用手摇式电话机与外界联系等等。

这一切都让王继才觉得很新鲜。他心想，每天在岛上有这么多事情可以忙，一定不会感到寂寞和无聊。而且，这不就是童年时保家卫国的愿望吗？守岛，就是守住国防，这可比在家种地有意义多了。

天色渐晚，海风开始嘶吼起来，不断地拍打着营房的门窗。西边的云霞连天火红，给大海涂上一层迷人的粉黄色。

王继才觉得房里有点暗了，想开灯，可是按下开关时，头顶的灯泡一点反应都没有。

"开山岛本来是有电的，部队以前用柴油发电机发电，可现在部队撤防后，我们暂时解决不了油料开支的费用。这块我们目前也正在想办法，但眼下还是要克服一下。"王长杰划亮了一根火柴，从窗台拿起了一盏煤油灯，"岛上有很多煤油灯，敞开来用。"

王继才这才意识到，岛上是没有常规电力供应的。电灯、电扇都没法使用，这让他觉得自己仿佛一下子"回到解放前"。王继才顿时有点紧张，不禁咽了咽口水，这才发现半天都没喝上一口水。

"部长，我烧点水给你喝喝。"王继才在墙角找到了一个铝皮水壶，熟练地用煤炉生起了火，顺便问道，"部长，岛上的压水器装在哪里呢？"

在 20 世纪 80 年代，中国绝大多数的农村是没有自来水的，大家都靠压水器抽地下水出来使用。

王长杰一听，显得有些尴尬："岛上没有压水器。"

王继才简直不敢相信自己的耳朵："没有压水器？"

"开山岛上没有淡水，没有压水器。"王长杰重复道。

确实，开山岛由地壳结构运动形成，岛上礁石源自海底，又硬又厚，无法向下钻探。即便从最低处向下钻探几十米深，也还是刚抵达黄海底部的表层，获得人类可饮用地下水的可能性微乎其微，所以开山岛上没有压水器。

"海水人是不能吃的，从岸上运输淡水成本高昂，而且受天气条件制约大。所以之前守岛的解放军，在营房的顶部挖出长长的沟槽，通过水管把屋顶的沟槽连通至一个三米多深的地下水窖，接雨水吃。"王长杰叹了口气说，"我们现在的守岛民兵，沿用的还是这套雨水收集系统，条件确实艰苦。"

王继才仿佛明白了民兵们接二连三"逃出"小岛的原因。水是生命之源，接雨水过活的日子，王继才虽然生在农村，可还是生平第一次体会到。这不禁让他心里有些打鼓：没有雨水的日子里可怎么办呢？除了做饭，洗衣洗漱也总需要水的啊……

王长杰默默地带着王继才走到第一排营房后面，在台阶旁果然有个一米见方的木板，勉强遮掩住一个灰色洞口。

王继才好奇地跑过去掀开水窖的盖子，看见的并不是清澈见底的水塘，而是浑浊的泥水，他不禁皱起了眉头。

　　王长杰发现了王继才的焦虑，解释道："放几包明矾过滤下就好了。我在包里给你带了不少，够用好几个月的。"

　　王继才点了点头，想说些什么，又停住了。

　　此时，船老大的喊声，从海风嘶吼的间隙传了出来。船老大在催促返航了。开山岛每天涨退潮两次，在日落之前会有一次退潮，若不尽快返航，渔船只能搁浅，等第二天涨潮后再走了。

　　王长杰准备返程了："一岛不守何以守天下。守好小岛，我们才能守住国门。王继才，我现在代表灌云县人民武装部宣布，从今天起，你正式成为开山岛民兵哨所所长！"王长杰说出这番话，伸出右手，等待着王继

开山岛上的水窖。李响摄

才的回答。此刻他的脑海里浮现出的画面是之前派上岛的一名民兵，还没等他把这番加油鼓劲的话说出口，就当场反悔，苦苦求着下了岛。

"是！"眼前的王继才没有丝毫犹豫。他迅速立正，用脚跟磕出坚定的响声，左手贴紧裤缝，右手五指并拢齐眉，向部长敬了个他心目中最标准的军礼。

王长杰方才有些悬着的心，也稍稍放了下来。他也立刻回敬了一个军礼，随后转身大踏步离开，跳上了小船。

渔船很快开动了，王长杰来到船头，不断地挥手："再——见——！王继才，要坚持住！"

站在码头的王继才，一动不动地目送王长杰远去，远远望去，像一尊古铜色的雕塑。

此时的王继才还不知道，这个小岛对于一位不速之客的试炼，才刚刚开始。

许多年以后，直到王继才一次次地被岛上的狂风刮倒又爬起、一面面岛上飘扬的五星红旗被吹皱又换新，王继才仍对刚刚上岛的那一天记忆犹新。

烈日之下、乱石之上，那是一位为国守岛的烈士将他赤诚之心最初袒露的一刻。虽然有些许的笨拙与冲动，但只要一个军礼、一句承诺，就足以证明一位忠诚烈士的一辈子。

05
一种相思，两处独守：王仕花的抉择

1986 年，24 岁的王仕花已经有了 5 年教龄。自 1982 年起，她便在鲁

河乡小学代课，教一个年级孩子语文课，是一名年轻的"资深教师"。由于表现突出，校方已经跟主管部门打了申请，等到这年9月一开学，就把王仕花的身份关系转为正式"公办教师"。

要知道，对一名代课教师来说，身份由民办转成公办不仅仅意味着收入待遇上的提升，更重要的是，这代表着对一名教师身份的正式认可。王仕花多年来勤勤恳恳教书育人，为的就是这一刻对自己的肯定。

6月底，学校放了暑假。得知这一好消息的王仕花，却盼望着赶紧开学，早日迎来对自己来说神圣的一刻。

下学期的课程备了一遍又一遍，要讲的知识点早

上岛前的王继才、王仕花。中共灌云县委宣传部提供

已倒背如流。她感觉自己身上有使不完的力气，有着无穷的动力。她觉得自己是无比幸福的，多年付出终于有了回报。她迫不及待地准备迎接新学期的到来、迎接新的人生起点，也想以更好的状态，把自己的所知所学倾囊相授给学生。

7月的一天中午，在家烧饭的王仕花见王继才下地回来，浑身衣服被汗湿透。

王继才放下手中的锄头，好似漫不经心地说道："仕花，我下周要去趟县里执行任务。"

"什么任务啊？"王仕花随口问道。

"也没什么，普通的作训，跟上次一样。王部长说，这次可能要在县城里住上几天，地方都帮我安排好了。"

"正好给女儿买个玩具啊，上次那个都坏很久了。她天天吵着要。"王仕花不疑有他，聊起了孩子的玩具。

"这次买两个！正好还有个事情想跟你商量呢，"王继才小心觑着王仕花的脸色，"你平时忙，也没时间回老家，现在正好放暑假，要不要回去看看你爸妈？王苏就放家里，我妈来带，你路上轻松。"

王仕花心里流过一股暖流，她知道，王继才是心疼她平时又带孩子又上课，还要帮忙干家里的农活，想让她趁着暑假放松放松。"行啊，那等你去县城，我就回娘家过几天。"

数日之后，1986年7月14日清晨。

王仕花从睡梦中醒来，见身旁空空如也，便问起婆婆。

婆婆解释说，王继才早起出门去县城了，要过几天再回来。

王仕花想起几天前王继才跟她说起过这事，便没再追问，当天就收拾东西跟公婆告了别，回了娘家。

在娘家的日子总是短暂，转眼两星期过去了。王仕花心想，王继才也该执行任务回来了，便辞别父母，坐着大巴车一路赶回了鲁河乡。

一进家门，王仕花看见王苏正坐在地上哭闹着要爸爸妈妈，一旁的婆婆怎么都哄不住。

"妈，王继才人呢？"王仕花一边心疼地抱起王苏哄着一边问道。

"去县城了，人还没回来呢。"婆婆把早就准备好的话又说了一遍。

王仕花心里敲起了鼓，心想：他上次跟我说几天就回来的，是不是又去县城了？便问道："是新任务吗？"

"对、对，上次回来的，前几天又出去了。"

看着婆婆有些躲闪的眼神，王仕花心里隐隐觉得不太对劲：不会王继才出了什么意外，家里人瞒着我吧？民兵执行任务应该没有危险吧？

女儿又在一旁哭闹着要吃晚饭。王仕花便没再多想，在心里自我安慰了两句，便忙活去了。

太阳落山了，屋外的知了仍不知疲倦地唱着合唱，稀松平常的一幕此时却搅得王仕花心烦意乱。结婚以来，她和王继才从来没有分开过这么久。她憋着一肚子的话，等着他回家——倾诉。

她心想，说不定明天王继才就回来了呢。如果不回来，我后天就去县城找他。一个大活人，还能丢了不成？想到这里，王仕花抱起女儿，准备回房休息。

推开卧室房门，王仕花发现床单整齐地铺着，被子也叠得很规整，跟她走的时候如出一辙。她再清楚不过，王继才平时不拘小节，很少铺床单、叠被子。这床铺，一看就是十几天没人睡过。

王仕花心里咯噔一下：王继才十几天没回来了？婆婆为什么要骗我？

她又瞥了一眼床头柜，平时玻璃下面压着一家三口的合影，居然不见了。

这极其反常。也让王仕花更加确信，家里人有事瞒着她。

又过了一天、两天……王继才依然是音信全无，家里公公婆婆也心照不宣似的只字未提。这天早上起来，王苏便抽抽噎噎地问："爸爸去哪儿了？"

王仕花鼻子一酸，再也忍不住了，跑到外屋找到正在望着屋外出神的婆婆，红着眼睛问道："妈，求求你告诉我，王继才到底去哪了？"

婆婆没有看王仕花，噙着泪摇了摇头。

王仕花一下瘫坐在地，眼泪夺眶而出。她心里已经做好了最坏的打算。

"妈，求求你了！你就告诉我吧！"

"仕花，王继才对不起你，"婆婆哽咽道，"他去守开山岛了。"

此时的王继才，正忍受着台风的侵袭和夜晚的孤独，一口一口地灌着白酒，想念着远方的老人和妻小。

王仕花心里一下子松了口气，人在就好。

可与此同时，她的内心又被一种烦躁的情绪填满了：开山岛那个"水牢"，为什么偏偏要王继才去守？既然王继才做出了自己的决定，为什么不告诉我？是怕我不理解他、绊着他不让他走吗？

王仕花开始担心起王继才来，他一个人在岛上，日子该怎么过呢？自己能做好饭吗？平时爱跟她和孩子一块儿聊天玩闹，岛上没个人说话还不给憋坏了？

百感交集的王仕花再也支撑不住，鼻子一酸，轻声哭了出来。

婆婆哽咽着安慰她："仕花，你千万别怪王继才。守岛的事，是我说要瞒着你的，我是怕你知道之后担心他。是妈做得不对，要怪，你就怪我吧！"

"知道了，妈。"王仕花默默擦干眼泪。在那个辗转反侧的夜晚，她任凭眼泪恣意流淌，心中暗暗下定决心：上岛！

次日，王仕花辗转找到灌云县人武部的部长王长杰。

"部长你好，我是民兵王继才的爱人王仕花。"

"你好，王仕花。是有什么事情吗？"王长杰心里大概清楚王仕花此次前来的目的，只是依旧沉着气问她。

"部长，我想上岛去看王继才。"

"你放心，王继才在岛上过得不错，组织上已经做好所有后勤保障工作。而且最近风浪大，上岛也不太安全。"其实，王长杰是藏着些私心的。他担心的是王继才刚上岛两星期，现在正是最难熬的时候，见到家人上岛探望，难免会意志动摇，所以他并不希望王仕花在王继才面前出现。

"部长，王继才守岛是瞒着我的。我俩都没好好说句告别的话他就悄悄走了，"王仕花哽咽道，"他也没带几件换洗衣服，部长，你就带我去看他一眼，说上几句话吧。"

"部长，你放心，我上去看他一眼就下来。绝对不会让您为难，不妨碍他执行任务。"

……

熬不过王仕花的软磨硬泡，王长杰答应一个月后派船送她上岛。

十几海里外，王继才在岛上苦苦坚守，终日与海水为邻，与飞鸟做伴。

他连做梦都想着能回到家里的床上，抱一抱孩子，聊一聊家常，可是任他喊破嗓子，过往的渔船愣是没有一艘在开山岛停靠。

上岛第48天。

王继才来到岛上东边的瞭望塔，例行观察海情。蓦地，王继才远远看见一艘渔船向开山岛驶来。仿佛抓住救命稻草一般，王继才下意识地挥手大喊："我在这里！我在这里！"

但他知道，根本不会有船停下。有多少呐喊在胸膛里沉默！毕竟，已经48天没跟人说过话了。他不禁有些后悔，在上岛的时候竟然没有和王部长确认守岛的时限：二个月？三个月？半年？一年？抑或更长？！

一想到这层，一种莫名的沮丧感就向他周身袭来，他又开始将希望寄托在那海天之际的一叶扁舟之上。

但那天他看到的小船跟之前的船只不太一样，像是远远地听到他的召唤一般，如茧化蝶般朝着开山岛的方向进发——开始是个灰色的小点，后来颜色逐渐变深，越来越大，一只蝴蝶破茧而出！小船掠过海面，翩翩而来。小船径直朝向开山岛，越开越近了！

王继才心里燃起了希望。他三步并作两步，飞奔至开山岛的码头，脱下上身的衣服，在手里拼命挥舞着。他想，一定是接他下岛的船来了！

小船的轮廓逐渐清晰起来，王继才蓦地发现船头站着一个熟悉的身影：王仕花？！他真不敢相信自己的眼睛：一定是自己日思夜想，产生了幻觉。

此时，在船头站着的人不是王仕花又是谁？王仕花不愿进到船舱里，宁愿被海风打湿头发也要站在甲板上。她一刻也等不及了。

目光所及之处，她看见的却是一个瘦骨嶙峋的"野人"从馒头般的荒岛高处飞奔下来，手里还不断挥舞着衣服！

乘渔船上岛的王仕花。李响摄

这个"野人"难道是王继才？但如若不是王继才，还能是谁呢？几滴海水飞溅进眼睛，王仕花狠狠揉了揉。

船刚靠岸，这个胡子拉碴、衣衫褴褛的"野人"出现在王仕花面前。这个"野人"的胡子像一把钢针，几乎盖住了整个下巴，头发长得拖到了衣领上，乱七八糟得像一蓬乱稻草，身上穿了一件衬衣，已经辨不出是什么颜色了。"野人"身上还散发出一股腥臭味，应是很多天不曾洗过澡。

"王继才！"像是在确认，又像是在嗔怪。

"王仕花哎！仕花哎！"名字后面的这个"哎"字，是当地关系亲密的人之间说话时加上的语气词。此时，即使王继才不说一个字，王仕花都知道，此刻的他是多么寂寞、多么艰难。

"骗我的账，跟你慢慢算！"王仕花语气里满是心疼，"你看看你，怎么成现在这样了？"

"野人"一把把王仕花从船头抱了下来，像是不敢相信地问道："你怎么来了？"

"怕你死在岛上了。"王仕花甩开"野人"的手，"你是不是掉茅坑了啊，身上这味道。"

王继才憨憨一笑："这不是工作太忙，没时间收拾嘛。"

王仕花随后来到"野人"宿舍，环视一周愣住了——空酒瓶、烟头扔得满地都是，脏衣服胡乱地堆放在狗窝一样的床铺上。床头柜上，还放着家里带来的那张一家三口的合影。

她的心一下揪了起来："这岛别人都不守，凭啥咱守！王继才，女儿天天闹着要你，你爸最近身体又不好，妈想你想得天天以泪洗面。最近白菜和萝卜也该下种了。你这一走，家里全乱了套……"

陪同上岛的王长杰部长见状，赶紧把王继才拉到一边，小声用力说道："继才！你答应过组织的事情你不要忘了！千万别当逃兵！如果你走了，很难再找得到守岛的人了！"

王继才闻言再不作声，别过头去，一个劲地抽烟。

王仕花这才发现，除了酒，王继才还学会了抽烟。这48天到底发生了什么？他还是我认识的王继才吗？带着许多疑问，王仕花决定在岛上住上一晚。

第二天早上，离别的时刻到了。王仕花心想，一夜的枕边风不该白吹，便二话不说揣上全家福照片，拉着王继才往码头上走。

此时的王继才已经换了一套整洁干净的衣服，胡子也剃了。手心里握着王仕花温暖软糯的手，看着她俏丽的背影，这一切美好得有些不真实。

船老大远远地开始大喊着催促登船了。接王仕花下岛的小船已经停靠在开山岛西南侧的码头了。

"王继才，这开山岛别人不守我们也不守。我们一起回家！"王仕花加快了脚步，几乎小跑起来。

王长杰着急了："王仕花，你干什么？！"

"我们的家事，组织上也要管吗？我家现在妻离子散，老人也没人照顾，部长也能负责吗？"

王长杰一下子噎住了，一时无言以对。

王继才像个做了错事的孩子，一路低着头，被王仕花拽着，转眼已经到了船边。

熟悉的小船一下子让王继才想起7月14日刚上岛那天，在码头敬礼送别王部长时的场景，此刻的场景和那时如出一辙，然而此刻的心态，却比那时复杂得多。

他不禁一怔，渐渐放慢了脚步。"王继才，你忘了你当时是怎么答应部长的吗？王继才，男子汉大丈夫，你做过的承诺还算不算数？"脑海里有个声音不断质问着。

疾走中的王仕花感到了王继才脚步的迟疑，回头一看，王继才脚底已经生了根，居然站在原地不动了。小跑的惯性让她差点摔倒在地。

"王继才！"王仕花急得哭了出来。

王继才上前搂住王仕花，盯着她的眼睛，平静地说："仕花哎，你回去吧。替我照顾好爸妈！我得留下，开山岛是海防前哨，你不守，我不守，谁来守？"

王继才语气里那份坚定慢慢传导到她的身体，她感受到自己此刻心底浓浓的绝望。难道他们夫妻俩从此就要山海相隔？难道王继才就连下岛看一看家里亲人的时间都没有？难道王继才就狠心抛下一家老小不管不顾？

此刻，王仕花的心里盘旋着无数个问题，她不知道该问出哪一个。她一气之下猛地挣脱王继才的怀抱，留下一个怨恨的眼神，头也不回地上了船。

望着小船在海风中一起一伏地渐渐开走，再次孤身一人的"野人"心开始滴血，放声大哭起来。

心如刀割！自己肩负的是保家卫国守边防的神圣使命，原本就担心妻子不理解而没敢告诉她，而如今她既然都知道了，而且又来到了岛上，本应该好好团聚一下，可最后又闹得不欢而散，还忿然离去，难道自己的选择是错的吗？

06
"从今天起，我不想做教师了……"

回到家的那几天，王仕花精神恍惚，茶饭不思。

她恨王继才的"绝情"。"有人劝我用'离婚'逼王继才下岛，可我心里清楚，这招对王继才没用。"王仕花后来回忆道，"气归气，但王继才胡子拉碴野人一样的形象总不断浮现在我眼前，让我难受，也让我心疼。"

这一天，一家人围在饭桌旁，除了王继才以外，人都到齐了。

"爸，妈，从今天起，我不想做教师了。我已经跟校长辞职了。"正吃着饭，王仕花放下筷子，静静地道出了这个消息。

婆婆惊讶得瞪大了眼睛："仕花，你是说你已经把小学教师的工作辞掉了？"

"嗯。"王仕花点点头，"岛上环境恶劣，条件艰苦，王继才的生活不能没人照顾，我决定了，我要支持他，帮助他，决定与他一起守岛渡难关。"

"你怎么这么傻啊？"婆婆埋怨道，"多好的工作，说放弃就放弃，好好的书不教，去跟小二牛一块儿守那个破岛，值得吗？"

"我觉得仕花做得对，开山岛需要人来守卫，如果人人都嫌条件艰苦，那祖国的海岛谁来守卫？他们小夫妻俩在岛上，还能做个伴。"王金华一脸严肃地发话了。

王金华一说话，婆婆不好再埋怨什么，只是担心："王苏还那么小，能跟着他们一起上岛吗？仕花，你们把她一个人撇下多可怜！"

王金华截住话头说："你这是头发长，见识短。这要往远里说，你儿子王继才就是镇守边关的将军，就是杨宗保，你儿媳妇就是巾帼英雄穆桂英。我觉得仕花做得对，我坚决支持。家国大事面前不能儿女情长。"

"都说父母在，不远游。我这一走，还不知道何时回来，"王仕花语气坚定地说，"爸妈，以后你们要照顾好自己身体，王苏我本来也想带到岛上，只是她太小，我实在不忍心她在岛上吃苦受罪，也交给你们帮忙照顾了。"

守岛

　　几天以前，王仕花就已经把辞职的想法告诉了校长。

　　校长一脸惊讶："王老师，这你可要想好了。你是代课教师，上面正在陆续为代课教师转正，学校研

年轻时的王仕花。中共灌云县委宣传部提供

究过了，大家一致认为，你工作出色，师德高尚，我们学校将来第一个转正名额让给你，你现在辞职是不是太可惜了？"

王仕花本来已经下定的决心，又出现些许的动摇。陪着王继才守岛，意味着放弃教师这个高尚的职业，放弃人民教师这个一直以来追求的梦想。但只要她一想起王继才在岛上"野人"般的模样，她就实在不忍心让他一个人在岛上过着孤苦伶仃的生活。岛上再苦，只要她在身边守着他，就多少有些家的温暖。

想到这儿，王仕花跟校长说："俗话说：嫁鸡随鸡，嫁狗随狗。王继才去守岛，我就要去陪他。校长，谢谢您对我的关照，但我已经决定了。"

校长还是不放心地问了一句："王老师，那你想过没有，要是王继才守这个岛一辈子，你也要跟他守一辈子吗？"

王仕花愣了愣神，但还是以坚定的语气回答说："校长，我决定了，他守着岛，我守着他，哪怕是守一辈子。"

校长闻言，知道王仕花心意已决，不再说什么。

王仕花见校长同意了，心里踏实了许多，诚恳地跟校长说："校长，谢谢您的理解，但我心里还是舍不得讲台。我有个请求，能不能在走之前再给孩子们上最后一节课？这节课我暑假就备好了。"

王仕花最后一次走进了课堂，看着讲台下一双双期待的眼睛，她的内心五味杂陈。

站在讲台上，王仕花努力平复着心情："同学们，请打开书，翻到第五课《我爱北京天安门》。"

教室里响起哗哗的翻书声……

一节课讲完了，王仕花控制不住自己的感情，颤抖着声音说："同学们，其实呢，今天是老师给你们上的最后一课，老师讲完这一课就要离开你们，和你们的王叔叔共同去守黄海上的一个小岛了……"

课堂里顿时炸了锅了——

"王老师，您为什么要离开我们去守黄海上的一个小岛呀？"

"因为海岛外有大灰狼一样的坏人，他们随时都会闯进我们的家，王老师去守海岛，就是为了把他们赶出岛外。"

"王老师，我叫我爸把围墙砌得高高的，大灰狼就进不来了。"一个孩子天真地说。

看王仕花要走，同学们一下子围过来，拉着她的胳膊和手。

"王老师不要离开我们，我们舍不得您。"

王仕花眼泪潸潸而下："同学们，今天我们学习的内容是什么？"

"《我爱北京天安门》。"

"你们爱天安门吗？"

"爱——"

"你们知道吗？天安门是我们祖国的象征，我和王叔叔要去守的开山岛是我们祖国的领土，我和王叔叔去守岛，就是不让坏人来破坏它。你们要好好学习，长大了像王叔叔一样，尽自己的一份力，保卫我们美丽的祖国。"

听了王仕花的话，一个学生说："王老师，您放心吧，我们一定会好好长大，到时候，我们也去开山岛，和您一起站岗放哨。"

"还有我！"

"我们都去！"

王仕花激动地看着孩子们兴奋的表情，嘴里泪水的苦涩滋味里，仿佛又夹杂了一份甘甜……

很快，灌云县武装部批准了王仕花的请求，任命她为开山岛民兵哨所民兵，派船送她上岛。

见王仕花辞了教师的工作上岛，王继才又高兴又生气，嗔怪着跟王仕花说："你辞职这么大事咋不跟我商量商量呢？"

王仕花白了他一眼："你来守岛跟我商量了吗！"

王继才闻言，不好意思地憨笑一声，拉着她一同走进了小岛的营房。

身后，是翻卷着浪花呼啸而至的海风。

从那一刻开始，他守着岛，她守着他，直到王继才生命的最后一息。

开山岛。孝响摄

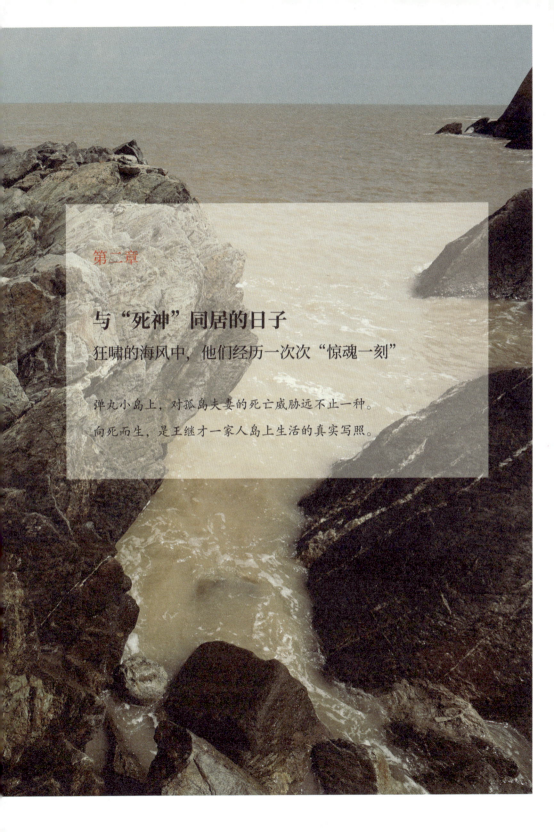

第二章

与"死神"同居的日子

狂啸的海风中,他们经历一次次"惊魂一刻"

弹丸小岛上,对孤岛夫妻的死亡威胁远不止一种。

向死而生,是王继才一家人岛上生活的真实写照。

01
开山岛的夜

上岛后，王仕花才知道，开山岛的夜，岂止一个"熬"字。

强台风来的时候，天色没有一丝迹象。刚刚还是湛蓝的天、明媚的阳光，伴随着大朵大朵的流云，只一刹那的工夫，蓝天变色，犹如十万天兵天将腾云驾雾显灵一般，乌云遮蔽了整个天空，再一看，大团大团急速翻滚的云朵压在了头顶，仿佛里面裹着无数巨石即将倾泻而下。

王仕花从没见过这种阵势，吓得当场僵住。

在她旁边一同巡岛的王继才一看急了，抓起王仕花的手就往宿舍跑。

可是风浪跟在他们身后穷追不舍。

眼看就跑到了宿舍，台风仿佛有一只无形的手，只在王继才夫妇身后轻轻推了一下，两个人就一个猛子扑倒在了地上！

眼见台风一阵强过一阵，两人顾不得狼狈，连跑

带爬地进了宿舍，赶紧把门锁上。

　　"开山岛的风怎么这么大？"王仕花一一检查完门窗，这才惊魂未定地喘了口气，半是抱怨半是感叹地跟王继才说。

　　王继才停了半天，咕哝了一句："更大的还在后面呢。"

王继才夫妇在风雨中巡逻。王冠军摄

看着王仕花惊魂未定的神色，王继才的心里多了一份踏实，比起初上岛默默承受着对台风的极度恐惧，能够有一个人一起共同面对暴风雨，这样的生活已经好了太多。

但是这对刚刚上岛的王仕花来说，无疑是从未遇到过的惊魂一刻。

她本以为台风肆虐一阵，到了晚上说不定会逐渐减弱，谁知道入夜之后，台风似乎比白天刮得更猛烈了——狂风像是着了魔怔一般，歇斯底里地猛拍着门窗，屋子里到处哐当作响，好像是有海盗打劫一般。

这还不算最恐怖的，肆虐的狂风从门缝里硬挤进来的时候，那声音让她觉得仿佛置身鬼故事里恶鬼来袭的现场，她紧紧和王继才靠在一起，仍然不由自主地发抖。

"你刚来的时候一个人就不害怕？"王仕花一边蜷缩着身子，一边问丈夫王继才。

"我怕啊，我用铁床堵住门，蜷在角落里，抽烟喝酒壮胆。"

夜晚留给王继才印象最深的，就是一个"怕"字。

守岛之后，王继才几乎都要信了岛上有目如铜铃、口如血盆、专吃人心肝的"海怪"的传说。当海风来袭，营房四周传出凄厉阴森的鬼魅声音，十足像是被"海怪"包围，王继才只要一听到营房门有什么响动，身上的汗毛好像都要竖了起来一样，饶是他身材高大、孔武有力，也着实害怕鬼魅般的"海怪"夜夜在岛上"阴魂不散"。

王仕花这才明白，一向不抽烟喝酒的王继才，为何在上岛这么短的时间里，就嗜烟嗜酒得这么厉害。原来王长杰早就料到岛上的生活难捱得紧，所以在上岛的时候就带了一些烟酒给王继才，让他能在岛上用它们来排遣寂寞。

王继才不知道该怎么和她形容自己独自一人与狂风对抗的焦灼与惊恐。

昏天黑地的荒岛中，只有一盏如豆的小油灯，一晃一晃的。

他上了岛之后第一次抽烟，觉得香烟一点都不好抽，那烟味道很冲，把嗓子呛得难受，他大声咳嗽着，但又忍不住继续去猛吸几口。他只是想在狂风肆虐的时候以一种自己的方式与狂风进行抗争，但被困锁在屋内的王继才，只有通过这种方式，才能求得一些心理的安慰。

光有烟是不够的。他把老部长王长杰留在岛上的酒找了出来，一仰头，对着瓶子喝了起来。辛辣的酒精顺着他的喉咙直灌进肠胃，让他觉得从食管到肠胃都被一把火点燃了，火烧火燎一般的辣，但他当时唯一的想法，就是把如鬼魅般旋绕在他耳边的狂风从他身边赶跑，而醉酒，似乎是问题的唯一解决办法……

02
孤岛背包绳："如果哪天风大被刮跑了，咱两个人一起被刮跑……"

巡逻是王继才夫妇日常要做的工作。

沿着营房旁的台阶拾级而上，就到了开山岛后山上的瞭望台，从瞭望台往下看，满眼都是数十米高的悬崖。

每每在岛上风高浪大的时候，王继才的心就悬了起来，他担心气象仪、水文仪等仪器被台风刮跑，必得冒着风雨绕着小岛巡逻一圈。

这天，又是一个台风天，狂风猛撞着屋里的门窗，仿佛宣示着睥睨万物的主权。王继才记挂着岛上安装的仪器设备："我得出去看看，别让仪器给风刮跑了。"

王仕花听着窗外的狂风，着实有些担心："这么大的台风，你出去站都站不稳，还担心什么仪器？"

"你放心，我有经验呢，我就出去看一眼，仪器没事儿我就回来了。"

说着，王继才猛吸一口烟，套上一件衣服，就往后山上走。王仕花实在不放心，牵着一条小狗跟在王继才后面。

开山岛遇上了台风天，就像到了世界末日，整个小岛几乎要被大浪吞没。

没有预警地，海里的巨浪突然向开山岛的营房上猛地扑过来，一个大浪打在营房屋顶之后，余波仍然凶猛，借着台风继续在岛上四处肆虐。王继才此时正在后山上顶着狂风一步一挪地走着，没注意走到了浪尖上，结果一个大浪轻轻松松就把他"送"到了黄海里！

就在一瞬间的工夫，王仕花眼睁睁地看着一个巨浪裹着丈夫的身体，霎时卷入海中不见了踪影。

开山岛上的悬崖峭壁。 李响摄

王仕花的灵魂仿佛跟着王继才的身体一同被巨浪抽走了，身体像是不听使唤似的原地僵着，一种前所未有的恐惧感将她紧紧包裹着。她觉得胸口喘不上气，只剩眼泪徒劳地流着，小狗瞪着眼睛徒劳地叫着。

"王继才……王继才……"

"我可怎么办呢？难道你就这么撇下我一个人了？！"

霎时，一个巨浪又朝岸上打了过来……

泪眼蒙眬中，王仕花突然看见被巨浪裹挟着的丈夫，正在奋力游向岸边！

他被刚刚的巨浪一推，从海浪里被推了回来——王继才被打回到岸边的一块礁石上了。

"王继才！"王仕花用尽浑身的力气喊着，仿佛她的喊声能够帮助王继才挣脱海浪的束缚。可惜喊出口的话全都变成狂风里无声的呜咽……

"王继才——王继才——"王仕花看到在狂风巨浪里挣扎的丈夫，什么都顾不得了，跑到岸边，使了浑身的力气把王继才往岸上拽。

大浪汹涌的礁石边上，一个爬、一个拽，浑身被海水浸透的王继才终于回到了岸上，他死死扒住岩石的两只手都被砾石扎破了。

"王继才，你今天要上不来，我一个人可怎么办呢？"王仕花看着差点再也见不到人的丈夫，眼泪像是断了线的珠子，扑簌簌地往下掉。

"王仕花，我没事，我命大啊！你看我不是好好地坐在这儿了吗？"

那次遇险以后，王继才夫妇发明了一条"救命绳"：每次遇上台风天外出，夫妻俩把一条背包绳分别拴在两人腰上，一前一后拽着绳前行，互相有个照应。

王仕花开玩笑地跟王继才说："如果哪天风大被刮跑了，咱两个人一起被刮跑，省得你撇下我一个人，让我一个人在岸上牵肠挂肚……"

但一条背包绳怎能抗衡大自然在孤岛上爆发的伟力？

有一次，王继才在修厕所的时候，脚下没站稳，一个不小心就栽倒了，差点又掉到海里；

有一次，台风来临时，王继才为了不让国旗受损，不顾安危冒险跑到山顶降旗，不慎跌倒在山下断了两根肋骨；

有一次，开山岛修码头，要从码头边上扛沙子，那天正好沙没了，王继才打算落潮的时候去扛一点，在往上爬的时候，踩在苔藓上脚底一滑，整个人摔下去，"膀子都跌断了"……

时间久了，一次次凶险无比的遇险经历已经化作手上的老茧和额上的皱纹，那是粗糙岁月留给这对孤岛夫妻的深刻印记。

铭心刻骨、刻骨铭心，但是却不再轻易触碰了……

王继才与王仕花用过的背包绳。李响摄

03
剪刀、白酒与绝地新生

　　弹丸小岛上，对这对孤岛夫妻的死亡威胁远不止一种。

　　在多年以后，王仕花每每回想起 1987 年 7 月 9 日的情景，仍然觉得那是她一生中无比真切地感受到生命与死亡微妙间隔的一刻。

　　7 月 8 日傍晚，王仕花的神经因为一阵阵痛而绷紧了。

　　"王继才哎，我觉着肚子疼……"

　　"怎么会肚子疼呢？"王继才闻言，眉头皱了起来，眼睛一瞬不瞬地看着王仕花大着的肚子。

　　此时的王仕花已经怀孕十个月了，预产期正在临近。

　　王仕花怀孕，是计划中的事情。王继才夫妇在上岛之后规划了几件大事，其中的一件就是想再要一个孩子，打算等到生产的时候下岛顺顺利利地把孩子生下来。

　　此时的王继才夫妇，并没有意识到人生中一次莫大的生死考验正在临近。

　　台风正在岛上肆虐。一片片乌云被风暴卷着向小岛侵袭，熟悉的如鬼魅般呜咽着的风声向二人逼近。

　　但是王仕花并不着急，她算算日子，离预产期还有一些时间，等这场台风过去，海面风平浪静了，她就可以从从容容地下岛把孩子生下来。

　　然而此时此刻，意外的疼痛正让王仕花警觉起来。王仕花生过孩子，她判断出这种疼痛来自宫缩。她计算了一下两次宫缩之间相隔的时间，整个人变得慌张起来："王继才，不好了！恐怕是要生了！"

　　王继才一听也紧张得厉害："你不是说还没到预产期吗？怎么会现在就要生呢？"

王仕花被王继才这么一说，焦急的情绪渐渐平复了一些。她望着狂风呼啸的暗夜，听着狂风挤进门窗的鸣咽，情愿自己是吃坏了肚子。她只能一个劲儿地安慰自己，还不到预产期，肚子疼只是暂时的，过一阵子就好了。

带着忐忑的心情，王仕花吃了一点晚饭，早早就上床休息了。她把一床被子盖在身上，想着没准捂一捂就会好点。

时间就在紧张的平静中走过了几个小时。

半夜时分，该来的还是来了。

王仕花猛地被一阵剧烈的疼痛疼醒了。

这时的疼痛，比傍晚时分的疼痛要厉害得多，按照两次疼痛间隔的频率与难以忍耐的痛感，王仕花抱着最后一线希望，又计算了一下预产期，她算了半天，猛然发现，自己把预产期算错了，孩子是要降生了！

她赶紧把睡在一旁的王继才喊了起来："王继才！王继才！要生了！"

王继才也急了：夜黑如墨，狂风呼啸，偏偏孩子要在这个时候生了，可该如何是好啊！

王继才急得团团转，狂风的呼啸声和王仕花的呻吟声更让他觉得心乱如麻。他曾经无数次盘算着等预产期临近的时候把妻子送下岛，在医院里安安全全地把孩子生下来，可没想到现实却是如此让人抓狂。

王仕花看着黑暗中手足无措的丈夫，不禁埋怨："王继才！我要坑你手里哦！"

可王继才一时之间大脑一片空白，根本想不到有什么解决的办法。

好不容易等到第二天清晨，阳光从乌云的缝隙中射了进来，似乎给焦灼不安的两人带来一丝希望。

打电话！王继才顾不上别的，赶紧摇起步话机，开始给燕尾港上相熟的船老大们打电话。

平日里，王继才帮过船老大不少忙，到了这个节骨眼上，王继才把最后的希望寄托在船老大们身上。可无论王继才怎么哀求，竟然没有一个船老大肯来开山岛接他们——不是船老大不通情理，而是海上台风肆虐，海浪汹涌，船老大即使愿意冒着风险出海，也根本到不了开山岛。

时间在王仕花一阵紧接一阵的疼痛中不断消逝。

此时此刻，王继才真正感受到"叫天天不应，叫地地不灵"是何等残酷。老天爷难道真要发难与我？王继才急得不知所措。

王仕花一边捶打着王继才，一边语无伦次地埋怨起来："都怪你！要不是跟你在这个岛上，我怎么会落到现在这样！"

王继才闻言，再看着风雨大作的天气，语气里满是绝望："我给那些船老大们打了电话，但就是没人能上岛啊！"

王仕花喘着气说："再想想别的办法啊！人不是都说，办法总比困难多吗！"

王继才一边搓着手一边在屋里急得团团转，转了半天，终于想起了一个人：燕尾港镇武装部部长徐正友！徐部长的家属年龄大一点、知道多一些，或许她有办法救仕花母子！

情急之下，王继才操起步话机打给徐部长。

步话机发出的每一声忙音，都紧紧揪着王继才的心。

终于，在电话那头，徐正友接起了电话。

王继才感觉自己绝处逢生一般，赶紧把情况告诉了徐正友，请求徐正友想想办法。

徐正友问清了情况，镇静地跟他说："小王，你不要着急，你等着，

守岛

我爱人受过医护培训，有些经验，我让她接电话。"

徐正友的夫人李姨接起了电话，知晓情况后沉着镇定地对王继才说："小王，我在电话里告诉你怎么操作，你给你爱人接生。"

王继才心里不由得发怵："……我接生？我能行吗？"

李姨在电话那头说："现在已经没时间了，你要想让你爱人安然无恙，让你孩子顺利出生，你就得赶紧给她做接生的准备。"

电话那头的李姨开始一一告诉王继才需要做的准备工作，王继才按照李姨的指示，开始寻找手头各种可以用的材料：在煤炉上烧一锅开水，在里边把剪刀烧红，如果没有纱布，找一截汗衫代替，撕成布条待用，然后找一床干净的被子，给孩子当包被，再找一瓶白酒，给剪刀消毒……

接着，王继才开始烧煤炉、烧开水、煮剪刀，找不到纱布，王继才就找来一件白色汗衫，撕成一缕一缕的布条；白酒是现成的，就用自己平时喝的九毛五一瓶的云山白酒来消毒……

做好准备工作以后，王继才赶紧搀扶着王仕花躺到床上。王仕花的眼泪一串串地滑落脸颊，她一边捶打着王继才，一边又把自己和孩子最后的希望倾注在身边的这个男人身上。

王仕花感受着如潮水一般一阵紧似一阵的阵痛，大颗大颗的汗珠把她的头发打湿。王继才一边帮她擦拭一边问："感觉怎么样了？"

王仕花说："疼。"

王继才说："如果疼得厉害，就大声喊出来！"

还没等王仕花回答，她感觉呼吸变得急促起来，肚子里那种下沉的感觉像潮水一样把她淹没在疼痛的海洋中，她把全身的力气聚集在下身，浑身的肌肉被绷得紧紧的，像是再用一点力皮肤就要被这种紧绷感撑破了！

电话那头的李姨在跟进着接生的过程："羊水破了吗？"

王继才回答："破了！"

李姨说："让王仕花使劲！"

王仕花的呻吟声和喊叫声，充盈了整个破旧的宿舍：

"啊——啊——"

她终于感觉到，肚子里的孩子也在挣扎着想冲出到外面的世界了！

电话那头问："怎么样？看见孩子的头了吗？"

王继才说："看见了！"

李姨在电话那头的声音也提高了八度："继续用力！"

王仕花感觉自己整个生命的力气就要耗尽了，她用最后的些许气力，助推着孩子向外冲刺：

"啊——啊——"

此时，王仕花的脑海里突然闪回了很多片段：王继才一声不吭瞒着她上岛的片段；刚刚得知消息的她追上岛去却撞见了一个"野人"的片段；她靠着王继才度过第一个狂风骤雨的不眠之夜的片段；她差点被突如其来的狂风吹落悬崖的片段；她和王继才商量给即将降生的孩子起名字的片段……

王仕花的泪水仍在扑簌簌地流着。她的眼泪里混杂着即将降生的希望与行将失去的担忧，混杂着无怨无悔地跟着王继才的决心与克服难以想象的困难的凄楚，混杂着对未来新生命的期望与对不确定的岛上生活的恐慌，她的泪水和汗水混到了一处，她感觉那种好像要撕裂整个身体一般巨大的疼痛将要把她吞没，带着她来到一个崭新的世界……

"啊——王继才——"

她声嘶力竭地叫出了王继才的名字，她的手指甲深深嵌进了王继才护着她的那双手臂里。

"哇——"

伴随着新生儿的第一声啼哭，王仕花整个人终于松懈了下来。

此时的王继才还不敢马虎。

步话机那边，李姨继续指示着："现在要剪脐带。注意，脐带一定要留两指宽。留了吗？"

"留了。"

"剪断。"

好像刚刚打完一场仗一样，此时的王继才筋疲力尽，剪刀都几乎握不住了。

李姨通过步话机听到了这微弱的剪刀颤抖的响动，说："王继才你手在颤，不要紧张，先做深呼吸，放松，放松，再放松……好，现在可以了吧？注意脐带留下两指宽。剪脐带。"

"剪断了。"

"留下两指宽了吗？"

"留下了。"

"好。"

"把剪断的脐带环头，用消过毒的汗衫布包起来，扎好。"

忙完这一切，王继才身上的汗衫、裤子都被汗水浸透了。

王仕花用微弱的声音问着他："男孩还是女孩？"

王继才说："是男孩！"

把孩子包裹在褓褓里以后，王继才几乎要瘫倒在地。他把孩子抱给王仕花，王仕花挂满泪水的脸上终于绽出了笑容："你看看，你怎么也哭了？"

王继才这才发现，不知什么时候，自己的脸上也挂满了泪花……

04
绝地围困 17 天

破旧的营房宿舍，简陋的行军床，光秃秃的墙壁，外面隐约的阳光透过用钉子固定的几块玻璃照射进来。一道木门阻隔着侵袭海岛的狂风暴雨，木门一角有一个小洞，是被老鼠啃过的。狂风从这个洞里挤了进来，发出鬼哭狼嚎般的呜咽声。

这是小志国睁开第一眼时看到的世界。

王志国，是王继才夫妇给刚刚出生的儿子起的名字。他们希望他长大以后能够像他们一样，长大了当一名战士，心里有祖国，立志去报国。

当时正是七月天，纵使海风怒吼，天气也并不冷。在擦拭了孩子的身体以后，一条枕巾把正在哭泣的小志国裹了起来。

除了王仕花并不充盈的奶水以外，岛上是完全没有什么可以给婴儿补身子的营养品的。王仕花只好打了一点水窖里的水，找了点白糖，烧开以后冲了点糖水给小志国喝。

过了几天，风停了下来，王仕花托船老大给婆婆捎了口信，让婆婆买了点食材，再托船老大捎过来。

王仕花喝了鱼汤，吃了点鸡肉，虚弱的身体稍微恢复了一些。刚刚生产结束的那几天，王仕花总是做噩梦，梦见她在生产的时候大出血，不仅孩子没了，而且自己生命垂危。

王继才也很知道王仕花这次吃了大苦头，一到落潮的时候，就下海里去抠海蛎子，用小青菜和蛎肉烧汤给王仕花吃。

王志国小的时候，大海的涛声就是他的摇篮曲，岛上的营房就是他的游乐园。他最亲密的玩伴是两只小狗，还有天上飞舞的海鸥和雨燕，是他既熟悉又陌生的朋友。

王仕花想着，小志国在岛上不能总是无所事事，就准备教他读书认字。

每天巡逻的任务结束，回到营房，王仕花就给小志国上小学语文的课程，《我爱北京天安门》《中国共产党万岁》这些课文，王仕花都烂熟于心。尤其是《我爱北京天安门》，一想到这篇在岛下学校里上的"最后一课"，王仕花内心就涌上了无数说不清道不明的情绪来。

转眼来到岛上已经十年时间，这十年间的酸甜苦辣，化作了王继才和王仕花脸上多出的几丝皱纹，以及对逐渐长大的儿女们的更多期许。

1995 年的春节，注定让人难忘。

这年春节，王继才夫妇把大女儿王苏和已经下岛的儿子王志国、小女儿王帆接到了岛上，打算一起过春节。

时间是在春节前，就在王仕花打算托船老大送点干粮上岛，够一家五口人过节之用时，一场台风再次袭来。

彼时，岛上的粮食只剩下五斤，王仕花心里想着这台风大概刮个几天就弱些了，就能回燕尾港补给粮食了。

结果过了十天、十五天……台风还在岛上肆虐不已！

简陋的营房哪里受得住雨水这么多天的浸泡？外面下着大雨的时候，营房里也下起了小雨，被褥、衣服、生活用品都被打湿了，油盐、煤球及用于照明的煤油等生活必需品也都断供了，前所未有的饥饿和寒冷无情地向一家五口人袭来。

前几天，一家人还能挖点岛上的野菜和着米饭一起吃，这个时候，所有粮食已经吃光了，一家人靠着吃海蛎子勉强充饥。

王继才和王仕花眼见三姐弟哭闹的样子，只好带着他们顶着狂风暴雨，到海滩边上挖海蛎子，拿回来砸开壳扒肉吃。

王继才和王仕花已经吃惯了蛎肉，他们把蛎肉放进嘴里，嚼得又香又甜。可王志国不干了，他对这些从小吃到大的又腥又臭的蛎肉已经恶心透顶，一抬手把眼前的蛎肉打到地上，哭闹着喊着："我不吃！我要吃米饭！"

不吃蛎肉岂不是等着活活饿死？王继才狠心把儿子揍了一顿，逼着儿子吃蛎肉，可刚吃下去，王志国又把蛎肉吐了出来——他实在忍受不了那种腥臭味。

实在没办法，王仕花只得先把蛎肉放进自己嘴里咀嚼后，把腥臭味先咽下去，当觉得怪味减轻了，才往孩子嘴里填。就这样，一家五口人顿顿吃海蛎，孩子撒出的尿都变成了乳白色。

当台风终于远去，渔民们上岛来看望他们时，一家人早

王仕花在开山岛上敲海蛎。中共灌云县委宣传部提供

都已经饿得连话都说不出一句了。王继才由于吃了不干净的蛎肉，发了39度的高烧，已经三四天完全没有进食了。饶是如此，王继才夫妇饿着肚子，依然坚持着每天升国旗和收国旗！

05
"爸爸妈妈，我们差点见不到你们了"

1993年，王志国离开小岛时正值盛夏。

时间是太阳炙烤的正午。那天午饭后，母亲给王志国背了一个旧军用背包，王志国随父亲搭渔船来到了燕尾港镇。王继才给儿子到学校报完名，

大女儿王苏（右）和王仕花在开山岛上合影。中共灌云县委宣传部提供

第二天一早便乘渔船回了岛。留下王志国和即将开学念三年级的姐姐王苏，还有年幼的妹妹王帆，姐弟三人租住在镇上一间十平米左右的平房里。

在岛上成长的日子里，生活是那样的简单，小岛就是王志国的整个世界。在平常的日子里，每天他只是傻傻地坐在石头上，听听海浪，遛遛小狗，看看蚂蚁搬家，间或被蚊虫叮咬得不胜其扰。兴起时，王志国去抓来两只小螃蟹，让父亲在螃蟹腿上系上线头，伴着妈妈嗔怪地喊着"慢一点"的叮嘱，拖着螃蟹漫山遍野地跑。

可到了岸上以后，一切都变得不一样了，到处都是陌生人：早出晚归的邻居、严肃的老师、爱捉弄人的同学……而他和同学们的关系远不如和岛上小石头的关系那么亲密无间，甚至有时还会遭到小朋友的欺负和捉弄。

这就是一个六岁孩子的新世界。

幼时的记忆里，最多的是关于自己的辛酸和泪水：放学的路上，有时会被三五个小朋友勒索零花钱，最后被弄得身无分文，哭着跑回家。回家后，姐姐听了他的哭诉，会停下手中的活，极力地哄着他，可姐姐也只是一个小女孩，她也没办法。最后姐姐一边哄着他一边忍不住自己也落了泪，姐弟三人常会抱在一起大哭一场；

王志国从上学开始就从没享受过父母接送的待遇，同学们也从来没有谁见过王志国的父母，有的孩子嘲笑王志国爸妈名为守海岛，实际是"坐水牢的"，更过分的干脆就骂他是孤儿，为了这些，王志国经常和他们争吵干架；

有几次下午，天气突变，不一会儿就下起了暴风雨，小伙伴们都陆续被家长接走了，唯有王志国，一个人被搁置在学校里，到天黑了雨还没有停，他常会一个人站在漆黑的走廊，或者躲进臭烘烘的厕所里，有时被茅坑里的鼠叫或不知什么奇怪的动静吓得号啕大哭，哭累了，就长时间抽泣着思念爸妈……

　　哭得时间久了，王志国终于明白了一个事实：对于父母来说，守岛，是比和儿女朝夕相伴更重要的一件事情，为了这件事情，父母宁可献出毕生精力乃至生命。

　　可是，没有父母照看的时光里，虽然姐弟三人能够勉强度日，但意外和危险也如影随形。

　　一个夏夜，上了一天学的姐弟三人照例在小屋里挤着入睡。

　　不知道谁把被子踢到地上，被子竟被蚊香点着了！

　　半夜，王苏突然被呛鼻的气味熏醒，睁眼一看，三人的被子着了火，

王志国下岛上学前和妹妹王帆的留影。　中共灌云县委宣传部提供

小屋里已经烟雾弥漫！

她赶紧叫醒弟弟妹妹，三人一边叫喊着一边合力打水救火。

折腾了大半夜，小屋里的一场大火终于被扑灭。

被孤寂和恐惧支配的暗夜中，三个被烟熏得黑魆魆的孩子只有抱在一起，默默饮泣……

"假如我们三个人真的命丧火场，父母难道也对我们不闻不问？"王苏实在忍不住，写了一张字条，托船老大捎给岛上的父母。

几天以后，岛上的父母收到了女儿寄来的字条："爸爸妈妈，你们差点就再也见不到我们了。"

两人一看字条，心里一紧，赶紧问问前来送信的船老大，可对方也不知道是什么情况。王仕花心里总觉得不踏实，只好赶紧跟着船老大下了岛，回到家里一看——半被烧焦的被子堆在一个角落，家里仅有的一张桌子被浓烟熏得发黑，家徒四壁的屋子里更显得落魄。

孩子们见着母亲终于回来，抱住母亲又是一顿哭喊。

"妈，我饿……"

"妈，你能不能别上岛了？"

"妈妈，我们以为我们再也见不到你了……"

王仕花听着孩子们的话，眉头一皱，眼泪就从脸颊滚了下来。孩子们离不开她，可王继才和开山岛也离不开她……

第二天一早，确认孩子们已经无恙的王仕花在码头和子女告别。

"你们没事，我就放心了，你们要好好保重，注意安全……"

此时的孩子们再也没有说什么话，因为他们知道，这条船是注定要开回到开山岛的，因为岛上有妈妈一辈子的牵挂……

王继才和王仕花在开山岛上巡逻。中共灌云县委宣传部提供

第三章

"孤岛夫妻哨"："我想和你一起慢慢变老"

默默咽下不为人知的辛酸，他们却一生未走散

一名民兵对国家的义务究竟有多少？

青丝变白发，相当于连续度过 16 个义务兵役期；

他们是如何坚持下来的？

一口水窖、三只小狗、四座航标灯、数十棵被吹歪的苦楝树、

200 多面升过的旧国旗，这就是他们的守岛岁月。

01
两个人与一座岛：孤岛夫妻的一天

时间倒退至 1986 年。

对于刚刚上岛的王仕花来说，除了狂风鬼魅般的呼啸与四面陡峭的悬崖，单单是为了活下去，她要克服的还有更多。

岛上没有常规电力。没有电灯，没有电视，没有电冰箱，更没有电饭煲，一切与电有关的生活用品都没有。岛上所有的对外联系就靠一部手摇电话机和一台老旧的收音机。只有听着收音机的时候，才让王继才夫妇觉得还没有彻底与世隔绝。第一台收音机，他们用了三年多，收音机里传出的声音——播报声、歌声、广告声，甚至由于信号不好而发出的嗞嗞声，都是他们漫长守岛岁月里的温馨陪伴。

岛上没有淡水供应。刚上岛时，岸上会定期运送淡水。但王继才听说每次送水要动用登陆艇，光油钱就要花 5000 元，就做出了一个惊人的决定——不让人再专程送水，王继才夫妇在岛上自力更生。怎么自力更生？还是得动用那口老水窖。雨水，就成了王继才夫妇的生命之源。为了节省不多的雨水，即使夏天洗澡，夫妻两人也只合用一脸盆水。

岛上本没有蔬菜。为了减少岸上补给，王继才夫妇努力自食其力。他们在满是石头的开山岛上开辟出 20 多块"格子田"，小的只有两尺见方，大的也就四五平方米。王继才每次上岸，都要从岸上一点一点"背土"到岛上。经过反复尝试，夫妻俩陆续种活了豆角、辣椒、丝瓜、南瓜，有了自己的一点粮食储备。

　　岛上本没有动物。王仕花上岛后，陆陆续续带去了三只狗、四只鸡、一两只小羊，这才让岛上稍微显得有些生机。"养了狗和鸡，才有了家的感觉"，王仕花对这些小动物非常喜爱，把它们当作守岛的伙伴。每次巡岛，

王继才夫妇在开山岛上巡逻。李响摄

小狗们都会欢脱地跟着。

其中有只小狗叫乐乐，深得夫妻俩宠爱。王继才说过，乐乐是开山岛的一位"功臣"。乐乐发现海上不明漂浮物会汪汪地叫，发现可疑目标也会叫，且每隔一小时就会主动巡山一次，多少次可疑目标都是乐乐首先发现的。

鸡群里有只公鸡，上岛后很少听到它打鸣。"公鸡清晨打鸣，这是常理，但岛上这只公鸡就是不打，逗弄它也不会理你。"王继才曾经问过一些养鸡的人，得到的解释大多是"岛上环境太恶劣，影响了鸡的生理功能，造成了鸡不打鸣"。除了公鸡以外，几只母鸡下蛋量也明显不如陆上的母鸡下蛋多。

王继才常常自嘲，跟着他算这些鸡倒了大霉，生理结构都给改变了。

王仕花特别喜欢小羊，但王继才一直反对养羊。开山岛上好不容易种活了点小草和树苗，王继才担心都被小羊啃光了。可小岛上台风肆虐，风云莫测，就在一场台风过后，小羊莫名其妙失踪了，四处都搜寻不见，从那以后，夫妻俩也就再没养过羊。

让很多人都意想不到的是，开山岛上还有一种动物，就是泥鳅。王继才夫妇在岛上喝的是水窖里储存的雨水，雨水中有很多浮游生物，即使把水煮开了，也难以去除，这件事情让王继才很头疼。一次，王继才听说可以用泥鳅来吃掉水窖里的浮游生物，起到净化淡水的作用。回去后，他立刻托人自费从岸上购买了 20 斤泥鳅。

上岛后，他把泥鳅全部倒入水窖。几天后，水质果然好了不少。

泥鳅嘴里吐出来的水，就是夫妻两人的命。

"我们这是跟泥鳅相濡以沫了。"王仕花幽默地自嘲着。

就这样，多了这些动物，"海上孤岛"渐渐热闹起来。

每到入夜，当全世界万籁俱寂，只剩下风吹浪打的声音，王仕花知道

王继才夫妇在开山岛上巡逻。李响摄

一天又过去了，睡意渐渐袭来，不知不觉间进入了梦乡。

　　"王仕花哎！起来嘞！升旗去咯！"

　　每天黎明时分，叫醒王仕花的，是王继才催促她起床升旗的声音。

　　王仕花揉着惺忪的睡眼，摸黑套上衣服。这时王继才已经拿好国旗和竹竿，在营房宿舍门外等着了。

　　开山岛四面临海，日出毫无遮挡。不论春夏秋冬，只要天气晴好，夫妻俩一定要到小岛的最东边，随着日出的时刻举行升旗仪式。

　　王继才扛着国旗，出门右拐走了大约十步，下了三级台阶，然后继续右拐，沿着在悬崖峭壁开凿出来的石阶向高处攀爬。王仕花个子不高，在后面艰难地跟着。当然，同去的还有乐乐和它的小伙伴们。

　　来不及等太阳升起，星星的光芒便不见了踪影。此时，黎明前的开山岛伸手不见五指。

　　多年巡防，让王继才夫妇对岛上的地形地貌了如指掌——208级巡逻时会经过的台阶，81间营房的位置，6个上坡，8个下坡，14个转角，这是每天都要走的一条路。别说伸手不见五指，就算蒙住双眼，夫妻俩都不会迷路。但为保险起见，王仕花还是会带上手电。

　　半山腰的瞭望台，位于小岛的最东边。和往常一样，王继才夫妇来到这里眺望着等待日出。

　　极远极远的天边，太阳渐渐从海平面上冒出浑圆的脑袋。

　　海平面上的云霞宛如七彩的羽衣霓裳，一分一秒地绽放开来。

　　随后，太阳以肉眼可见的速度上升着，忽然间猛地一跃，从海平面喷薄而出，湛蓝的海上霎时晕染上一层橙色的光芒。

　　几乎同时，王仕花接过王继才手中的竹竿，在竿头套上了国旗。

王继才夫妇在开山岛上巡逻。李响摄

王继才站在对面，正对着新生的太阳和迎风飘扬的五星红旗。

"立正！敬礼！"王仕花严肃而又短促地喊道。

王继才马上立正，敬了个标准的军礼。

"起来，不愿做奴隶的人们，把我们的血肉，筑成我们新的长城……"

王继才夫妇在开山岛上举行升旗仪式。李响摄

夫妻俩一起高声合唱着。庄严的国歌声里，红太阳不断向上攀升着，红旗和夫妻俩的影子也渐渐投影在开山岛的岩石上。

"中华民族到了最危险的时候，每个人被迫着发出最后的吼声……"乐乐此时也一动不动地坐在地上，聚精会神，向国旗和俩人行着注目礼。

"起来，起来，起来！我们万众一心，冒着敌人的炮火前进。冒着敌人的炮火前进，前进，前进，进！"

"礼毕！"王继才放下敬礼的右手，走到王仕花身边，然后两人依偎着，一起看红彤彤的太阳冉冉升起。

"什么时候，咱要是有个真正的升旗台就好了。"王仕花抱怨道，"咱下次跟组织上说说，看能不能修一个。"

"国家现在还不富裕，我们能将就就将就一下吧。"这样的对话夫妻俩不知重复了多少遍。

一边说着，王仕花一边把旗杆插进由几块石头和混凝土做的基座里，升旗仪式就算是完成了。

2011 年以前，王继才夫妇就是凭借自己对国旗的赤诚、对祖国的热爱，坚持着在这样简陋的环境里，升起一面面五星红旗。直到 2011 年年底，一座专门制作的 2 米长、1.5 米宽的全钢移动升旗台和 6 米高的不锈钢旗杆从北京运到了开山岛。几天后，2012 年元旦，天安门国旗护卫队来到岛上，一场特殊的升旗仪式在开山岛后山小操场上举行，王继才夫妇多年的梦想才终于实现。

这是后话了。在二十多年的守岛岁月中，"孤岛夫妻哨"就设在这座瞭望台的屋顶，迎着强烈的海风，飘扬着鲜艳的五星红旗。

随着朝阳的霞光渐染天际，夫妻俩开始一天里的第一次巡岛，他们来到瞭望台室内，用望远镜扫视海面一圈，看看是否有可疑或者需要帮助的船只，然后再去各巡防点位，查看空情，检查自动风力测风仪等仪器是否正常工作。

晚上日落前后，同样的工作，夫妻俩会再做一遍。1995年灯塔和航标灯设立之后，他们每天还要再爬上灯塔，查看塔顶灯光及四处礁石的航标灯是否正常工作。这一切都结束之后，夫妻俩就相伴回到宿舍，点上煤油灯，在海防日志上记下这一天的天气状况、巡查人员、巡查地段、巡查时间以及航标灯工作状况，这样，一天的守岛工作就算完成了。

入夜，夫妻俩又再次被黑暗包围。春秋两季的夜晚对他们还算是温柔。开山岛上房屋的门窗都由木头制成，在长期海水湿气的侵蚀以及烈日暴晒下，大多翘片变形。春秋天晚上睡觉时，王继才用重物抵着门窗，以阻挡海风突如其来的侵袭。

但当夏夜和冬夜来临时，日子就没这么好过了。

夏天的夜晚格外湿热，整个岛上连电扇都没有，浑身的燥热搅得夫妻二人难以入眠。实在睡不着的时候，他们只好不顾毒虫叮咬，把被褥搬上屋顶，以天为盖、屋顶为庐。潮湿的海风虽然能吹走几分燥热，但一阵阵的风像是一把把钝刀，经年累月把夫妻俩浑身上下割得无比粗糙。

冬天的海风寒冷刺骨，仿佛刀刀入肉，夫妻俩只得躲进岛上的防空洞里避风。洞里虽然可以抵挡寒风，可却阴湿得很。在洞里待的时间长了，两人都患上风湿性关节炎和严重的湿疹。王继才浑身上下常年长着铜钱大小的湿疹，痛痒难当；王仕花腰腿的关节炎发作时，连床都下不了。

　　实在痛痒得受不了的时候，他们也曾轮流下岛看过医生，可医生得知他们的情况，只有一句话："只要离开海岛，你们的病就有机会根治。"

　　听闻如此，他俩在治病的事情上索性敷衍起来，再也没跟儿女们提起。

　　鲜为人知的是，其实除了早晚两次环岛巡防，夫妻俩白天大多数的时间都在修补小岛。风高浪急、暴雨侵袭，长年累月下来，开山岛上许多基础设施都不断被侵蚀破坏。小修小补，30 多年来夫妻俩从未间断。

　　"2006 年初，岛上码头年久失修，出现了大面积坍塌，如果不管不问，任其发展的话，无疑将会一点点地吞蚀小岛。请人维修，要价 4 万元。于是我和王仕花一合计，决定自己干。"王继才曾回忆道。

夫妻俩买来建材，自己动手修补小岛。中共灌云县委宣传部提供

通过渔船，王继才买来了石子、水泥等必需材料。为了节省开支，在海水退潮时，他们就地取材，下海淘沙。扛黄沙，运水泥，搬石头，抹砂浆……为了让小岛更整洁美丽，王继才再苦再累也觉得值。

王仕花个子不高，干起来很吃力，看着她气喘吁吁的样子，王继才常常说自己一人干就好，但她不肯。结果后来在一次修补设施的时候，王仕花跌伤了腿，王继才闪了腰。夫妻俩躺了大半个月，互相照顾，互相鼓励，好了以后又继续费心修补着小岛上的一砖一瓦。

王仕花心疼王继才，总把温暖送到心坎里。中共灌云县委宣传部提供

"苦点累点我们都不在乎，关键是大雨海浪也经常来捉弄我们，时常水泥还没凝固，就被海浪冲垮；砂浆刚刚抹好，就被雨水冲走。我们不气馁，从头来，反反复复，修了一年半，才把码头整治好，共花了一万四千多块钱。"王继才说，这比请人维修的4万块钱少不少呢，这不就给公家省下一笔开支了吗？

其间，路过开山岛的渔民看王继才和王仕花修得非常辛苦，劝他们说："你们真傻，这小岛也不是你家的，何必这么当真呢？"

王继才听了笑笑，反问他："怎么说这小岛不是我家的呢？如果没有这个小家又哪来大家和国家呢？小小开山岛，就像我们身体的每一个器官，需要认真保护。哪怕受一点点'伤害'，我们都要认认真真地修补。"

组织上知道后，提出报销王继才夫妇修码头的一千多元费用。可谁料王继才却婉言谢绝了："自己能承担的事，哪能再给组织添麻烦？"

其实作为守岛民兵，王继才夫妇每年可以领到的补助只有3700元，二十多年没涨过。他们很少买新衣，几乎不吃肉，咸菜、萝卜干是他们的最爱……这种在常人眼里一贫如洗的生活，却是王继才一家多年的常态。算算为修码头自掏腰包的1400元，差不多是夫妻俩守岛5个月的收入。

这样朴实而纯粹的两位守岛人，让人敬佩，也让人心疼。

在白天，除了巡防、修补小岛，王继才夫妇还会种菜、种树。再有空闲时间，王继才就在岛附近捕捞鱼蟹，挖点海蛎子，卖了钱补贴家用。如果还有空，他们就会翻阅《中国民兵》《中国国防报》《东海民兵》等报纸杂志，就海防勤务知识展开研讨。如果有渔船靠岛，王继才会向过往渔民船员了解潮汐变化，弄清船、艇、舰有关知识。

渐渐地，王继才对开山岛周围的潮汐变化了如指掌。一般的船、艇、舰只要进入他的视界，他脑海里就会蹦出它的性质、特征、类别、吨位等一系列数据，识别它此行的目的。凭借这一点，王继才夫妇肩负起反敌内潜外逃、防敌小股袭扰、协助维护社会治安的工作。

日复一日，年复一年，斗转星移，青丝变白发。

就这样，他们在开山岛上驻守了三十多年，相当于连续度过 16 个义务兵役期。

02
"比起长征的红军来，我们还是幸福得多了"

岛上房间的墙壁上，常年挂着一根背包带。墨绿色的带子破旧不堪，很不起眼。但很少有人知道，它见证了夫妻俩不离不弃的忠贞爱情。

开山岛上巨石嶙峋，岩壁陡峭。在强台风天里，风力高达 10 级以上，上百斤的石头都会被吹落山崖，瞬间被巨浪吞没。

自从王继才巡逻时被台风吹得差点跌落大海之后，王仕花便截了段一米多长的背包带。每当在大风天气里巡逻时，王仕花就把包带的两头分别绕在腰上，把俩人牢牢拴在一起，打上死结。遇到危险的巡防点，俩人更是一边十指相扣，一边紧紧抓住带子。

这背包带曾救过王仕花的命。一次，俩人在台风天巡岛时，王仕花竟被大风吹得侧飞起来。幸亏王继才眼疾手快，赶紧匍匐在地，死死拉住背包带，才将王仕花从危险边缘救了回来。

这些年，俩人都因巡岛受过大大小小的伤，王继才肋骨断了两根、裂了一根；王仕花手臂骨裂，皮肉擦伤不计其数——这是坚守使命带来的疼痛，可夫妻两人却甘之如饴，不曾有丝毫懈怠。

肆虐的台风给夫妻两人带来的，除了翻落悬崖的生死一瞬，还有毫无预兆的物资匮乏，但在漫长的守岛岁月中，俩人渐渐习惯了苦中作乐——生活总会让人们遍体鳞伤，但那些受伤的地方一定会成为最强壮的地方。

那是个腊月，天气极冷。

每到此时，海风横扫着开山岛的时候，满岛上都绽着被狂风凌虐的伤痕。王继才一算粮食储备，预估着还够两人在岛上吃一星期，便处变不惊地照常工作生活。

可到了第三天，一个意外打乱了王继才的算盘：煤气罐没气了，备用的煤气罐也被拖到陆上充气还没拿回来，临近过年，天寒地冻，根本看不到出海捕鱼的渔民。又过了两天，王继才烧光了岛上能用的木材，吃光了可以生吃的东西，渔民还没有出现。

到第五天傍晚，两人在山顶巡查完四盏航标灯，转眼到了吃晚饭的时候。两人面面相觑，不得不面临的问题来了：今天已经没法生火做饭了。

看着正在发呆的丈夫，王仕花苦笑着问："想什么呢？"

"一碗香喷喷的米饭。"王继才咽了咽口水，咂了一小口白酒。

"没有米饭，咱不是还有白花花的大米吗？"王仕花指着米袋，努嘴对王继才说。

王继才抓了一小把米，夹了几片咸菜，放在嘴里慢慢地咀嚼着："我发现这新吃法不错……来，你也尝尝。"

"比起长征的红军来，我们还是幸福得多了。"王仕花也依葫芦画瓢来了一口，笑着对王继才说道，"你现在就像一个行走在长征途中的红军战士，有点疲惫了。我作为文艺兵，给这位红军战士唱唱歌，鼓鼓劲加加油，怎么样？"

守
岛

岛上虽然条件艰苦，但他们也有自己的浪漫。中共灌云县委宣传部提供

"好啊，都个把月没听你唱歌了。"王继才一下来了精神，又往嘴里塞一小口生米。

王仕花站了起来，走到屋外的一处小小空地上，问道："王继才同志，你想听哪首歌？"

"《过雪山草地》，这首歌我特别喜欢听，一听就浑身来劲！"王继才说道。

"雪皑皑、野茫茫，高原寒、炊断粮，红军都是钢铁汉，千锤百炼不怕难……革命理想高于天，高于天！"王仕花从小喜欢唱歌，十五岁时还在乡里登台表演过，音乐底子好，歌词记得也牢。

王继才听得起劲儿鼓掌。他想起了红军战士在长征路上吃干辣椒御寒、啃干粮充饥、吞雪解渴，在冰天雪地中一步步艰难向前迈进，最终迈向革命的伟大胜利！

"下面，我为守岛战士王继才再献上一首歌《绣红旗》。"王仕花走到王继才身边坐下，接着唱道，"线儿长，针儿密，含着热泪绣红旗……"

一首又一首，王继才听得津津有味，他感觉肚子里的饥饿感也没有那么强烈了，不知道是刚吃的生米正在消化，还是刚听到的歌曲振作了自己的内心……

"咱当兵的人，有啥不一样。自从离开了家乡，就难见到爹娘……"王继才也忍不住唱起来，这一首《咱当兵的人》是他最爱唱的歌，"说不一样，其实也一样。都是青春的年华，都是热血儿郎！说不一样，其实也一样，一样的足迹，留给山高水长！"

就这样，俩人一边哼着歌儿，一边嚼着生米。

天色渐晚，满天的星斗以肉眼难以分辨的速度缓缓转动着，静谧的海浪难得地温柔拍打着礁石。连日的台风吹开了层层云朵，大大小小的星星，把开山岛密密麻麻地围了一圈，仿佛伸手就能摘下。

百无聊赖的时候，王继才夫妇就从漫天星空里寻找着大自然馈赠的礼物。

"我能想到最浪漫的事，就是和你一起慢慢变老……"

星空下，王仕花不知第几次唱起了《最浪漫的事》，这是她从收音机里听到学来的，学会之后就成了她最喜欢唱的歌。

像这样天气舒适的夜里，开山岛是可以看见银河的。无数钻石般的星辰组成一条长长的银色帷幔，从无垠的海平面慢慢覆上苍穹，仿佛传递着远方不知名的神秘讯息。

夫妻俩人躺在营房外的空地上，轻轻地靠在一块儿。

王仕花仰望着天上的繁星，王继才转过身看着王仕花的侧脸。星空像是被人看得有些不好意思，悄悄给自己蒙上层层的薄纱，薄纱上，一层层缀着的明星照亮王仕花的脸庞——如果没有岛上数十年的风霜催逼，王仕花仍是当初那个被全村小伙子倾慕的俏姑娘。

王继才指着天幕上的群星对王仕花说："王仕花哎，你看天上也有个黄河，这边这个是织女星，那边那个是牛郎星……"

王继才又看着王仕花的脸庞说："王仕花哎，你跟我在岛上吃那么多苦，我吃的苦你也吃了，我没吃的苦你也吃了，这辈子我承诺了要在岛上守一辈子，如果要有下辈子，我还娶你做老婆。"

"直到我们老得哪儿也去不了，你还依然把我当成手心里的宝……"

王仕花仿佛没有听到王继才的表白一样，依然仰望着苍穹，唱着最喜欢的歌儿。

"王仕花哎……"王继才紧紧攥着王仕花的手，继续轻轻地呓语着。

王仕花心里像是有一只小鹿撞来撞去，可她却不想让王继才察觉。所以她只是默默欢喜着，假装沉默着，静静感受着手心里的温度。

她知道，这是自己丈夫内心最炽烈的表达。

而自己，选择用最喜欢的曲子来应和。

三十多年来，夫妻俩形影不离，极少分开。仔细算来，他们在一起的日子，比绝大多数夫妻一生见面相处的时间都要长。

有人说，没有王仕花，王继才守不了 32 年。王仕花却说："他守着岛，我守着他。没有老王做主心骨，我们一辈子不会这样过。"

星汉灿烂，见证着孤岛绝恋。

03
赤子之诗：海防日志里的秘密

几十本标注为"机密"级的海防日志，真实地见证了王继才夫妻三十多年的守岛岁月。

但翻看日期，却发现这里并没有 1999 年以前的资料。一场犯罪分子的蓄意纵火，把 1999 年以前所有的海防日志本全部烧毁。

从那以后，夫妻俩把海防日志看得比命还重要，专门请人从岸上购置了一个带锁的薄铁柜。每记完一本，一定要锁在箱子里。

每本海防日志大约 80 页，双面书写，可以使用半年。在厚厚一摞日志中翻开几本，便可发现，"升国旗""岛周围和海面没什么异常""岛上

王仕花在开山岛上记录海防日志。李响摄

仪器一切正常""晚上 4 盏航标灯正常"是出现频率最高的词句。

看上去高度重复、如流水账般的日志，却是夫妻俩三十多年如一日坚守的最好见证。

当然，日志里还会有一些小插曲。在这些插曲的字里行间，静静流淌着的，是他们甘苦岁月中的如诗隽语。

"2008 年 6 月 19 日，星期四，天气：阴。……开山又有人上岛钓鱼，老王说，上岛钓鱼可以，但是卫生要搞好。其中一个姓林的和一个姓王的说岛也不是你家的，卫不卫生，关你什么事，老王很生气。……"

王仕花在开山岛上整理海防日志。李响摄

开山岛的大门对犯罪分子永远紧锁，但对周边的渔民有时是开放的。王继才把小岛当成自己的家一样爱护，别说是渔民，就是自己子女乱折了一根树枝，王继才都会生气。

"2012年8月5日，星期日。……码头的仪器小钢绳断了，还没有弄好。岛上的小树、小瓜、豆角、辣椒都被台风刮死了……"

肆虐的台风，让开山岛上植物们的寿命成了谜。也许要问它们还能活多久，只能请教中央气象台的专家了。

"2013年1月11日，星期五。……我们一家人围坐在电视旁看春节联欢晚会，非常高兴，孩子们都说，今年的晚会真好看。……"

写这篇日志几个月前，连云港市给开山岛装上了太阳能离网发电系统，岛上第一次有了持续供电装置，夫妻俩也在岛上第一次看上了春晚。这年的春节，一家人又是在岛上度过的。

"2014年6月5日，天气晴。岛上仪器一切正常，山后菜园里的小瓜、小树、大椒、黄瓜、西红柿、丝瓜、南瓜、韭菜等都被大风刮死了。别的一切正常。"

王继才夫妇亲手栽种的蔬菜丰收了。中共灌云县委宣传部提供

岛上有几只失踪小羊的账，可能也得算在"大风"的头上。王仕花一边写着，似乎一边还在连连感叹：可怜的小瓜、小树、大椒、黄瓜、西红柿、丝瓜、南瓜、韭菜们……不过王继才夫妇从不气馁，"千磨万击还坚劲，任尔东西南北风"，刮死了再种，如果种活了，就是又一顿上天的馈赠了。

"2014年9月3日，天气：多云转晴，北风7-8级。上午9点，有一架直升机从北往南经过开山岛上空，10点58又从南往北飞经过开山岛。"

"不仅脚踏实地，还要仰望天空。"如果有《开山岛守岛技术规范手册》，相信里面会有这么一条。

"2015年9月3日，星期四，天气晴。今天是中国人民抗日战争暨世界反法西斯战争胜利70周年纪念日，是个胜利的日子，我们俩特地买来两面新国旗，在岛上升起。上午9点，我们俩就坐在电视机旁看大阅兵，看到了很多新式武器和中国士兵的威武，军队的强大，我们俩非常高兴、激动。老王说，小日本再也不敢像70年前那样欺负中国，因为我们祖国也强大了。"

"我想做一名军人，保家卫国！"王继才童年的梦想，在他心中生根发芽，此刻已经长成参天大树。

"2015年9月29日，星期二，天气晴，东北风7-8级。今天我们俩在门前升国旗，查一查岛的周围的海面。海面风浪较大，是受21

号超级台风'杜鹃'的影响。岛上一切仪器正常，晚上 4 盏航标灯正常。"

1994 年的"道格"、2004 年的"蒲公英"、2005 年的"卡努""麦莎"、2009 年的"莫拉克"……台风们的名字带给开山岛的，是数不尽的烦忧，甚至是命悬一线的考验，可它们却也是艰辛守岛岁月的见证。

"2015 年 10 月 27 日，星期二，天气：多云。晚上 3 盏航标灯正常，前面'大狮'上的灯不亮，老王已打电话通知航标站来修了。"

开山岛东边有一块砚台石，西边有大狮、小狮二礁和船山，在这四处礁石上，设立有 4 处航标灯。查看这 4 盏航标灯，是王继才夫妇每天必做的工作。

"2015 年 10 月 31 日，天气晴，东北风 6-7 级。10 点有燕尾港 32516 渔政船拖连云港武警支队的参谋长、燕尾港边防派出所指导员还有几位老兵上岛，巡回当年的当兵路。到处看一看。11:30 才离开小岛。

王继才夫妇在烛光下写海防日志。沈鹏摄

晚上，前面'大狮'的航标灯坏了还没修，其他三盏航标灯正常。"

航标站管理处，王继才喊你来修灯了！

"2015 年 11 月 2 日，星期一，天气晴。上午有燕尾港船拖航标站的人在'大狮'上维修线路，晚上四盏航标灯正常。"

大狮航标灯休完 7 天年假，终于回来上班了。

"2015 年 11 月 25 日，星期三，天气阴有小雨夹雪，东北风 8-9 级，今天早晨我们俩在门前升国旗，查一查岛的周围和海面，没有什么异常情况。岛上的仪器一切正常，海面风浪特别大，晚上 4 盏航标灯正常。"

夏季高温多雨，冬季寒冷干燥，开山岛的气象史，堪称一本温带季风气候的百科全书。

"2016 年 1 月 1 日，星期五，天气：晴，西南风 6-7 级。……今天是元旦节，祝全国人民新年快乐，万事如意。"

这是在千万家庭欢度节日之际，坚守在岗位上的一对平凡夫妻默默送出的祝福。

"2016 年 2 月 5 日，星期五，天气晴。阴历十二月二十七。今年春节，我们一家在岸上过年，儿媳儿子加班，小女儿、女婿、外甥、大女儿、大女婿、外甥、外甥女，都到我们家过年。我们全家非常高兴。在一起看春节晚会，吃年夜饭，非常开心，很快乐。"

守岛 32 年间，王继才夫妇只有 5 个春节没在岛上过。辞旧迎新、合家团聚时，他们继续在呼啸的海风声中入睡，准备升起新年第一天的国旗……

"2016 年 7 月 1 日，天气：多云，夜有雷阵雨。上午 8 点，我们俩坐在电视旁观看习主席七一重要讲话。今天是中国共产党成立 95 周年，不忘初心、继续前进，学习习主席系列重要讲话，学习党章党规，做合格党员。"

2013 年 2 月，开山岛新挂上了两块牌子，牌子不大，但很有分量：中共灌云县燕尾港镇开山岛村党支部，灌云县燕尾港镇开山岛村村民委员会。从此，开山岛便成为全国最小的行政村，王继才担任党支部书记。

"2016 年 7 月 30 日，天气：晴，星期六。下午的时候，发现有很多小鸟飞落。好像有很多种类的鸟，可能是飞向南方的。我没有惊动这些候鸟，让他们在岛上休息，等第二天好有充分的体力飞向南方。"

以海水为邻、与飞鸟为伴，是两人守岛生活的真实写照；在呼啸海风中守一份安然宁静，更是王仕花内心的向往。

"2017 年 1 月 27 日，星期五，阴历十二月三十，天气晴，东北风 6-7 级。晚上我们坐在电视旁看春晚，放鞭炮，守岁，吃年夜饭和饺子，非常高兴迎接新的一年的到来。"

时光飞逝，转眼又是一年。开山岛上不禁燃鞭炮，饺子在岛上一直是稀缺品，逢年过节才能享用。

"2017年1月28日，星期六，正月初一，天气多云有小雨。今天，我和老王到后山升起一面新国旗，心情非常高兴。这是2017年的第一天，新的一年开始，还照样巡逻查滩，查一查岛的周围和海面，没有什么异常，岛上的仪器一切正常，晚上4盏航标灯正常。"

两人不曾知道，这是他们在一起度过的倒数第二个春节。

王继才、王仕花在开山岛上升旗。中共灌云县委宣传部提供

开山岛地貌。李响摄

第四章

一诺经年：暗夜里的灯塔

时间久了，人们忘记了王继才的名字，只叫他"王开山"

每当夜幕降临，开山岛的灯塔就亮了起来，

和满天的星辰遥相呼应。

远远看见开山岛灯塔发出的光亮，

过往的船只就辨认出了方向。

这光亮，从设立灯塔的那一天起，不曾有一天熄灭。

01
生命的光亮

　　渔民出海，最怕的是海上暗礁。一旦触礁，轻则船毁，重则人亡。往往在这个时候，一束暗夜里的灯光，就令人燃起生命的希望。

　　那是一个伸手不见五指的夜晚，灌云县燕尾港的老渔民史东财因事驾船出海。

　　渔船刚驶离燕尾港码头，他就后悔了。海风呼啸，海浪翻滚，雨雾交加，能见度仅在数米之内，标识安全行驶区域的航标灯忽明忽暗，难以分辨。

　　史东财是有着多年经验的老渔民，但一旦遇到雨雪天，任他有再丰富的经验，也无法抗衡变幻莫测的大自然的力量。

　　凭着多年航海经验和侥幸心理，史东财硬着头皮，继续向深海行驶。小船在黄海中不断上下颠簸着，海浪不断扑打在甲板、舷窗上，咔咔作响。

　　"要是能看见开山岛的灯塔就好了！"史东财心中不断地默念着，因为他知道，开山岛附近海域暗礁丛生，就像海底的乱葬岗，一旦不按航线驶入，后果不堪设想。

　　他想起了开山岛上的"王开山"。

　　王继才长期驻守开山岛，是早就在燕尾港出了名的。不知什么时候起，有人给他起了个"王开山"的外号。经年间，"王开山"的名气越来越大，而"王继才"的名字却逐渐被人们淡忘了。以至于提起"王继才"，大多数生活在燕尾港的渔民都不知道他是谁。但一说起"王开山"，各人都竖起大拇指，交口称赞，还有人能说上一段被这位"王开山"帮助过的往事。

开山岛附近的暗礁。李响摄

这个"王开山",现在在干吗呢？史东财心里盼望着王继才能在岛上亮上一盏灯，但是又转念一想，今天夜里这么大的暴风雨，岛上的环境肯定更糟糕，他会不会一早躲进营房里睡大觉了？

这天晚上，王继才的心里其实也很不安稳。

夜越深，海风越大。即使紧闭着门窗，呼啸的狂风也好似无孔不入地从缝隙里往屋里窜。

每到这样的夜晚，王继才心里会格外焦虑，辗转难眠，坐卧不安。因为害怕出海的渔船迷失了方向，王继才索性裹上厚厚的军大衣，拎上烈酒来到窗边，摸黑走到那个能看见灯塔的熟悉角落，贴着墙跟和衣坐下，准备在这里彻夜值守。

夜越深，海情越险。呼啸的狂风，像有人不断在窗外拍打！每到这样的夜晚，王继才更加感到孤独，甚至有些恐惧。这常让他想起了最开始一个人刚上岛时的迷茫和无助。

王继才想起了年轻时的王仕花，想起了在岛上亲手接生的儿子，想起了岛上的海蛇和老鼠，想起了莫名其妙失踪的小狗，想起了被海风撕破的国旗，想起了在海浪中漂泊迷航的小船……

猛然惊醒。王继才狠劲掐了下胳臂，甩了甩头，给自己灌了一大口酒。强烈的灼烧感顺着舌根经过食道，蔓延至胃底，让整个人都哆嗦起来。他看了眼窗外，眼神落在灯塔上的信号灯上。

信号灯发出的光亮穿透风雨，倒映在他的瞳孔里。刹那间，王继才仿佛觉得有一种力量注入身体，感到自己所做的这些都有了意义。

这天晚上，与海浪搏斗的史东财正在担惊受怕之际，猛然间找到了那个熟悉的光亮。尽管灯光的光亮很模糊，在海浪与海雾中隐隐约约，但史东财知道，这就是开山岛上不灭的灯塔。

根据开山岛灯塔提示的方位，史东财不断修正航线，让小船在安全航道内行驶，度过了最危险的黑暗时刻。

有了灯塔，就是希望。每当夜幕降临，开山岛的灯塔亮了起来，和满天的星辰遥相呼应。过往船只上的渔民总能远远看见开山岛灯塔发出的光亮，不曾有一天灭过。

其实在那天晚上，史东财还隐隐约约听到了敲锣的声音，而且在航道上距离开山岛越近，这声音越明显。当时的史东财百思不得其解，大晚上的，哪里会有人敲锣打鼓？风雨声这么大，怎么能听见敲锣的声音？

实际上，在某些难以入眠的雨夜，王继才真的会拿起铝盆和炒菜用的铜勺，跑到南边的码头上拼命敲打。

"锵锵，锵锵锵锵，锵锵锵——"声音断断续续在小岛上空回响。

王继才巡岛时敲的盆。 李响摄

这是王继才使出浑身力气敲出的声音。他心里想，万一过往船只连灯塔信号灯都看不清，至少可能听见响声，提醒他们尽量远离开山岛，不要误触礁石。无论如何，这声音也许可以给开山岛附近的夜航人些许陪伴和勇气。

就这样，在风雨交加的夜，一片漆黑中，有一个人不顾浑身上下湿透，只为了过往夜航人多一分安全。

恰如灯塔的长明，迎接着风暴洗礼，却兀自不动。

02
不要命的"王开山"

被"王开山"帮助过的人，绝不仅仅只有史东财一位。人们说起"王开山"，总说他为了保护这个开山岛，连命都可以不要。

这天，渔民黄晓国的汽油艇在海上走到半路没油了，停靠在开山岛码头给机器加汽油。不料黄晓国加完油后，机器点火时突然引发大火，船尾瞬间起火！

烈火烹油，火苗在船上一下子蹿得老高，汽油艇随时都有爆炸的危险。

眼看火势越来越大，黄晓国吓得手足无措，只能连声大呼："王开山，着火了！王开山，着火了！"

正在岛上巡逻的王继才听到呼救，立马赶了过来。

一看火势越烧越旺，经验丰富的王继才转身跑回宿舍，拿来自己平日里盖的两床棉被，扔进海里吸满海水，然后又冲到汽油艇旁，什么保护措施都没做，就用湿棉被来回拍打熊熊燃烧的发动机！

这时的黄晓国已经吓得不敢动弹，然而王继才奋不顾身的举动更是让他又惊又怕：这个"王开山"，真是不要命了？！

他赶紧冲王继才大喊："王开山，你注意安全啊！"

最终，王继才奋不顾身的举动保住了黄晓国的命和他的汽油艇，可王继才自己，不仅为此生生硬挨了好几个没有被子的夜晚，手上和胳膊上还被轻度烧伤。

王继才不是不要命，只是每每在危急关头，他的心里心心念念的都是小岛和燕尾港上渔民的安全。相比守护小岛的重任在肩，给燕尾港上的渔民解决燃眉之急，是王继才从未宣之于口的使命。

1996 年的 6 月，19 岁的潘弗荣，跟着 30 多位村民一起上到开山岛捡虾皮赚钱。

因家庭贫困，潘弗荣只念到小学三年级，便辍学跟着村民们一起打工干零活。

那天刚在岛上吃过午饭，潘弗荣腹部阵阵绞痛，疼痛难忍，她倒在地上打滚，脚后跟都蹭出了血。

村里人哪见过这样子的情形，一时间都没了主意，围在潘弗荣身边干着急。

出海赚钱，最忌讳船上"出事"。船老大怕她有什么闪失，硬是不愿开船送她去医院。王继才一边联系渔船，一边跑上跑下给潘弗荣找药吃。疼痛让人绝望，可搂着王大哥的胳膊，潘弗荣心里就还有希望。

王继才像抱女儿一样把潘弗荣抱在怀里安抚着，自己的胳膊被抓破了也浑然不知。联系好了渔船，又把潘弗荣送进医院，交了住院费和医疗费，王继才才放心回岛。

有一次，渔民史东财周末带孩子出海捕鱼，不料孩子在船上突发肠炎，腹泻不止，几近脱水。

眼看四周茫茫大海孤立无援，情急之下，史东财的脑海里浮现出三个字："王开山"！

有困难就找"王开山"！

史东财赶紧把船开到开山岛，靠在码头大声求救。

让史东财没想到的是，王继才好像有心灵感应似的，不一会儿就出现在他们的面前。

王继才一看史东财的孩子几近虚脱，赶紧把他们接上岛，拿出自己平时在岛上备着的急救包，给孩子服了止泻药，这才止住了腹泻。

后来老史才知道，由于岛上交通不便、药品紧缺，平时有个头疼脑热，但凡是能忍的，王继才夫妻俩从来都舍不得吃药，尽量把药省下，留给过往急需帮助的渔民。

结果就是这样乐于助人、恨不得不顾生命危险去救助别人的"王开山"，却在 1999 年的一天，被一群岛上的不速之客给打了。

时间退回到 1999 年 3 月。

孙某，江苏淮安市人。他不知从哪儿打听到开山岛这个地方与世隔绝、无人监管，只有一对民兵夫妇在岛上守着。

孙某脑筋一转，打起了开山岛的主意：偷偷开个"私人会所"，神不知鬼不觉，警察都管不着！

这天，王继才在岛上见着了上岛来打探情况的孙某。

孙某见着王继才，知道这是那个守岛的民兵无疑，张口称兄道弟，把自己的项目包装成旅游项目，口口声声说是要把开山岛包装成景点。

王继才不疑有他，诚恳地说："这个我们做不了主，还得请示上级。"

孙某一听，歪主意要打水漂，这才半遮半掩地跟王继才说出了这个旅游项目的真相。

没想到王继才一听，着急了，赶紧跑回宿舍，抄起电话就向灌云县人武部报告。

眼看计划就要破产，孙某赶紧摁住了王继才的手，露出了本来面目："姓王的，你敢打这个电话？你就不怕死？"

别看王继才平时里沉默寡言，到了关键时刻，嘴里蹦出的话字字铿锵："是组织上让我守岛的，你敢动我？！"

色厉内荏的孙某被王继才的气势噎住了，可转念又一想，冷笑两声说："王开山，听说你有个小儿子是吧？你已经30多岁了，死了还值。不过，你儿子可才十来岁，要是死了，就可惜了！"

王继才一听，脑子里嗡——的一声就炸了。小志国是王继才夫妇的命根子，要是谁来要他俩的命，他们倒尚且不怕，可小志国姐弟仨在岸上艰辛过活，他们两人本来就不放心，这下万一坏人打上孩子的主意可怎么得了？

可此时的王继才知道，自己决不能给坏人可乘之机。他定睛看着孙某一副恶人嘴脸，那颗为了守岛日夜跳动的心脏又让他生出了几分底气："少来这一套，我明白地告诉你，我是为国家守的岛，如果我家人出事了，你休想逃脱！"

孙某见王继才铁了心要和自己过不去，眼神在王继才身穿的旧衣上转了几转，又硬生生挤出一个笑脸："王开山，王大哥，咱们有话好好说，你看这样行不行？只要你以后不向部队报告，等我把这个会所建起来，赚了钱我俩平分。"

他从身上摸出一沓钱来，就想塞给王继才。

他确实戳中了王继才的短处。

王继才一家人是穷。

在很长一段时间里，王继才夫妇每月只能有一两百元的微薄补贴，而就是这一两百元，却要供给一家七口人的所有用度开销。

在这样紧缺的用度下，王继才过着什么样的日子，从他的衣服上就能看出来——就连他的破胶鞋，也是穿了又补，补了又穿，直到再也没法穿了，还放在宿舍的墙角，扔都舍不得扔！

可孙某却不曾想到，这个他眼前为了这方小岛的安全十年如一日坚守在此，甚至性命都可以不顾的王继才，哪里是为了钱留在这里？

王继才冷哼一声说：“如果你要能用钱收买我，我就不叫王继才！”

孙某眼见王继才软硬不吃，只好悻悻地下岛，另想办法去了。

这一段时间，孙某再也没有上岛找碴，王继才以为他已经无计可施，心里暗自松了一口气，又拜托燕尾港的朋友好好照顾他的儿女，别出什么意外，这才安下心来。

一切看似风平浪静。

直到有一天，王仕花突然接到渔民传话，说家里出了事，让她赶紧下岛去看看。

王仕花一听，还以为是孙某想到什么办法威胁他们的孩子，跟王继才嘱咐了几句，就赶紧跑下了岛。

没承想，这是孙某使出的一招连环计，先是骗王仕花下岛，好集中火力逼王继才就范。

王仕花下岛后，孙某瞅准王继才在宿舍里休息的时间，又悄悄上了岛。这一次，跟着他的除了一帮小混混，还有一个“小姐”。

　　就这样，孙某带着这位"小姐"悄悄靠近王继才的宿舍，背后还跟着一个人拿着摄像机——一旦小姐赤身裸体地进入王继才的宿舍，他就是再长上十张嘴，也是有理说不清！到时候把柄落在他们手里，王继才还不乖乖就范？

　　没想到警觉的王继才看见敲门的人不对劲，赶紧关上宿舍门，然后从宿舍找出一根皮带，出门就照着来人抽去："混账东西，给我滚！"

　　见自己辛苦安排的"美人计"泡了汤，孙某气急败坏："王开山，你这是找死！兄弟们，给我往死里打！"

　　只见孙某一招手，身后的几个小混混连拉带拽把王继才拖到码头，王

王继才夫妇在岛上观察海情。中共灌云县委宣传部提供

继才双拳不敌四手，被几个人打得鼻青脸肿，一张脸肿得老高，嘴巴都合不上。

王继才连话都说不清楚，可还是从带血的牙缝里挤出一句话："违法的事，不行！"

孙某愤怒已极，竟放了一把火烧了哨所值班室，可惜王继才多年记录的海防日记和文件资料，全都化为了灰烬！

王继才愤恨不已，却始终毫不松口。所幸当地有关部门赶到岛上展开调查，最终将以孙某为首的一批犯罪分子绳之以法。

为了一个承诺，王继才所付出的绝不仅仅是日复一日、年复一年的坚守。

一年冬天，"王开山"巡岛时发现，海面上两艘轮船有异常，立即向上级报告。最后查明船上装的是从韩国走私的60辆汽车。

一年夏天，蛇头王某试图借开山岛中转，组织49人偷渡日本，拿出10万元现金，想让"王开山"行个方便，可他还是一句话："违法的事，一律不行！"

王继才守岛多年，遇到过走私的、偷渡的，还有打着旅游公司幌子开色情场所的。但面对不法分子送上门的一沓沓钱，王继才无一例外断然拒绝。有人不理解，认为王继才傻，不食人间烟火，但王继才却总是说着这样一句朴素的话："小岛就是我的家，家就是祖国，我是她的守卫者，不能给她丢脸。"

"守岛，就是守国门！"王继才用他的一生，践行了他的诺言。

03
他把辞职报告扔进了垃圾箱

虽然王继才守岛初心不改，但常年与家人山海相隔的苦楚，却让他对家人的愧疚之情与日俱增。

1991 年，王继才第一次想到了放弃。

"不是因为岛上条件艰苦，而是实在放不下年迈的父母和年幼的孩子，对家人的愧疚一直是我抹不去的心病。"

王继才在当年跟县人武部呈送的书面报告上如此说道。

守岛 5 年，王继才已经是守岛时间最长的民兵，践行了当初的承诺，对组织也有了交代。他向组织提出，自己上有老要赡养、下有小要上学，想申请下岛，照顾一家老小，让组织换人来守卫。

但报告交上去如石沉大海，再没有回音。王继才脸皮薄，只能作罢。

一晃，四年又过去了。

1995 年，到了守岛的第九个年头，王继才家里经济更拮据了，孩子上学和生活也面临新的难题——8 岁的王志国打小在岛上长大，回到陆地之后极不适应；6 岁的小女儿王帆，前几年从岛上山崖摔落昏迷，被过往渔船送到岸上医院抢救，才捡回一条小命，至今后脑勺还有拇指大小的疤痕；大女儿王苏三岁时便与爷爷奶奶相依为命，如今，是她照顾着爷爷奶奶。

王继才盘算着：为了支持我守岛，爹娘、王仕花，还有孩子们这些年都遭了大罪。守岛快十年，自己也算尽忠职守。换点没有家庭负担的年轻人上来守岛锻炼锻炼，也不是什么坏事。

这天，王继才的表姐李春雯上岛了。

姐姐上岛，王继才当然要带着她四处走一走、看一看。王继才带着李春雯去看了哨所，看了营房旁边自己经营的小菜地，也绕着小岛走了走。

看完以后，表姐煞有其事地跟王继才说："继才，我这趟来，是有话想跟你说。"

表姐李春雯接着说："你知道，我这两年是在上海打拼。一开始是想去上海找找机会，就跑了跑运输，去了以后发现上海这个大都市机会确实很多，只要你想干一番事业、肯吃苦肯下功夫，只要你手里有一点点启动资金，你就能干成你想做的事情。"

王继才只是静静地听着。他在收音机的新闻里听过上海，但常年守在岛上的他连家都很少回，更不敢想象从未去过的上海是一个怎样的大都市，有着怎样的繁华。

李春雯接着跟他道出了此行的目的："我现在在上海已经差不多站稳了脚，做的运输生意也渐渐走上了正轨，我看你和仕花与其在这里守着，

王继才夫妇听坏的收音机。李响摄

不如跟我去上海跑运输。"

王继才终于明白了表姐的目的。他不知道该怎么回答，只是下意识地环视了一下小岛上的环境：除了自己这些年辛苦种下的树、养下的鸡，还有些蔬菜，这座岛和来的时候一样，不还是一座与世隔绝的"水牢"吗？

李春雯看着王继才若有所思的表情，继续劝他说："你们也是上有老下有小的人，你爸妈年纪大了，这尚且不说，毕竟你还有兄弟姊妹可以照顾他们，可你多少得想想你自己的子女，他们在岛下上不了好的学校，过的是饥一顿饱一顿的生活，甚至连同学都笑话他们，你觉得你们尽了为人父母的责任了吗？再说了，你们两口子现在一个月的补贴加在一起，也就是几百块吧？你跟我一起到上海跑运输，一个月能挣守岛一年的钱。"

这时候王仕花忙完了手头的事儿，也走了过来一起听着。李春雯又拉着王仕花的手劝弟弟："继才，你看看仕花，那会儿多漂亮的媳妇，这几年硬是跟着你在岛上风吹日晒，你忍心让她陪着你遭这洋罪？如果你跟我跑运输，王仕花都不用工作了，在家带小孩照顾老人就行。咱再退一步，就算你不去上海打工，你回老家，家里还有几亩地，你帮姐姐种种地。种地是苦了些，也没什么大钱赚，至少一家人在一起团团圆圆、安安稳稳的，互相有个照应，总比在这里跟我们一年到头见不上一面强！"

王继才听着表姐的话，突然觉得耳根子有些发红。她每一句说的都是掏心窝子的话，每一句都说到了王继才内心中不敢面对却又不得不面对的实际情况——守岛不仅条件艰苦，台风来时甚至断水断粮，而且不仅没尽到孝顺父母的责任，连孩子的学习生活都操心不上……

王继才偷看了一眼一旁的王仕花，发现她的头转到了另一边，眼角似乎还挂着刚刚抹掉的泪痕……

这年 6 月，王继才觉得全家生活的重压实在压得他喘不了气，于是再次暗下决心，决定为了家人，到县里找王长杰当面辞职。此时，王长杰已改任县人武部的政委。

黄海上，海风依旧，一艘小船骑着浪尖向西缓缓驶去。王继才站在船尾，默默看着不断远去的小岛和山顶飘扬的五星红旗，觉得有些陌生。岁月在他黝黑的脸上留下深深的沟壑，铜钱大小的湿疹长满了双臂，根本不像个 35 岁的青年。

有时只有远离，才能看清熟悉的风景。听着海浪击打船板的声音，王继才想起了 9 年前政委第一次带他上岛时的情形：蓝蓝的薄雾，漆黑的码头，鼓鼓的蛇皮袋，小小的渔船，颠簸的船舱和满地的呕吐物，还有憧憬与期待、好奇和恐惧、使命与职责、家庭与担当……

他想起了王长杰的嘱托，想起了自己的保证和承诺。有那么一瞬间，他想让船掉头，回岛上再仔细考虑考虑，但是表姐殷切的话又不时在耳边回响……

到了县武装部后，王继才壮着胆子，敲着政委办公室的门。可上班时间，这门怎么都敲不开。

这时来了一个人，王继才一问才知道，政委生病了，在县人民医院住院了！

简陋的病房里，满满当当挤着政委不少亲属。病床上的王长杰看着表情有些不自然的王继才，似乎预感到了什么。王继才看着虚弱瘦削的王长杰，也似乎预感到了什么。前者努力在想，后者却不敢多想。

王继才跟政委打着招呼："政委，您怎么了？"

王长杰无力地一笑："病了，肝上长了个瘤，恶性的……"

王长杰一句话，让王继才沉默了。肚子里的话就在嘴边，可看到老政委病成这样，王继才实在不忍心说出口。

没等王继才开口，政委拉着他的手说："继才，你爸是我老朋友。你要答应叔叔，一定要把那个岛守下去。你如果下岛，就真的再也找不到守岛的人了……"

此时的开山岛上，王仕花正收拾着行囊。她发现，两口子在岛上过了这么多年的勤俭生活，如今能带走的东西实在少得可怜，这反倒让她觉得有些舍不得了。她被自己这个想法吓了一跳，使劲摇了摇头：自己一直心心念念的，不就是能够回到陆地上，过上安安稳稳的生活吗？

王仕花做好一大碗海蛎子汤，等着王继才回来，期待他带回能够上岸回家的好消息。毕竟走之前，王继才可是给她立下了"军令状"。

几十公里外的灌云县人民医院病房。

"继才，开山岛由你来守，我就是走了，也放心了。"政委又嘱咐道。

王继才动了动喉结，想好的辞职的话，在肚子里来回转了几圈，到嘴边又咽了回去。

"政委放心，您先安心养病。岛上一切很好，我和王仕花在岛上种了不少小树，还养了鸡。下次我们一起回来看您，带岛上的桃给您吃。岛上的桃鲜甜鲜甜的，很好吃……"王继才看着老政委虚弱的身体，觉得鼻子有些发酸，说出了这样一番话。

政委安心地点了点头，拉着他的手又一边咳嗽着，一边细细嘱托。王继才心头一热："无论遇到什么困难，我一定把岛守好，直到守不动为止！"

道别政委，王继才没有立即离开，而是在医院走廊的长椅上坐了下来，从外衣口袋里拿出一张纸，上面写着他的辞职报告。在病房里，王继才几次想拿出这张薄薄的纸，却始终没有拿出来。

此刻，王继才又拿出这张纸，细细翻看一番，轻叹了口气，揉成一团，扔进了一旁的垃圾箱。

回岛后没多久，王继才得知了老政委因病去世的噩耗。

"老政委对我说的话是他的临终遗愿，他到死都不放心开山岛。"王继才后来曾回忆道，"在我们农村，答应死者的话是一定要做到的。"此后，王继才安安心心地在岛上生活着、守护着，再没提过要下岛的事，哪怕一句抱怨都没有。

一个承诺，就让王继才恪守一生。

04
"小志国哎，家里没钱了……"

2003 年 10 月 10 日，是一个特殊的日子。

这天，天还黑着，王继才就起身了。

"离升旗的时间还早呢，不睡了？"王仕花半睡半醒间问他。

"不睡了。"

"平时你一倒在床上，就呼噜声震天。可昨天晚上都没怎么听到你打呼噜。没睡好吧？"

王继才是没睡好。不是因为别的，而是因为今天乡党委和县武装部的领导专程到岛上来，给王继才举行入党宣誓仪式——王继才被批准加入中国共产党，成为了一名中共党员。

多年的愿望终于实现，多年守岛的功绩得到了肯定，王继才想想就觉得心里暖得很。

他早早起身，刷牙洗脸，然后对着镜子清理起胡须。等到把胡子刮完了，王继才还特地对着镜子照了又照，生怕有什么地方没有处理干净。

早晨的开山岛是一天中最好的时候，空气清新，晨光熹微。

"我志愿加入中国共产党，拥护党的纲领，遵守党的章程，履行党员义务，执行党的决定，严守党的纪律，保守党的秘密，对党忠诚，积极工作，为共产主义奋斗终身，随时准备为党和人民牺牲一切，永不叛党。"

面对党旗，举起右拳，王继才庄严宣誓。

宣誓中的王继才，此刻真真切切地感到心中一股潮水的激荡。仪式结束后，王继才激动地一个人来到山顶国旗旁，冲着家乡的方向，心中默默念道：今天我入党了。我一定守好岛、护好旗，做一个合格的共产党员！

一朵浪花，终于汇入了滚滚洪流，感受着浪潮在奔涌向前、澎湃激越！

党章规定，如果没有正当理由，连续 6 个月不参加党的组织生活，或不缴纳党费，或不做党所分配的工作，就被认为是自行脱党。

那时开山岛还没有成立党支部，定期参加党的组织生活便成了奢望。为保证按时交足党费，王继才每次下岛的第一件事，不是先回家看望亲人，而是直奔燕尾港镇党委。

一天中午，王继才在开山岛码头拦了一艘回港的渔船，准备到镇上补充常备的应急品和国旗。

船一靠岸，王继才马上赶到镇党委大楼，冲进组织委员办公室的大门。

"同志，我是开山岛王继才，这是我的党费！"王继才从口袋里掏出一沓皱巴巴的钞票，整理齐顺，再三清点金额。125.7 元，一分不多，一分不少。

"平时守岛下不来，今个我想亲手把党费交给组织。"王继才像个犯了错的孩子，解释道，"我现在每年的党费是 41.9 元，这些钱是我三年的党费。难得来一次镇里，我提前把三年的党费交上，请你替我按时交给组织。"

收党费的同志深受感动，接下了这笔提前预交的党费。

　　"多年来，王继才对待交党费的事情格外重视，经常是刚接到通知，就让在岸上的家人第一时间帮忙交上党费。"这名长期负责收缴党费的同志对王继才积极缴纳党费的举动印象深刻。

　　就这样，从向党旗宣誓的那一天起，王继才的党费一个月都没有拖欠过，至死不渝。

　　其实，很多人不知道——从不拖欠党费的王继才，因为多次自费修建岛上建筑、供三个孩子读书和赡养老人，欠下很多外债，家庭经济长期处于赤贫的边缘。

王仕花和王继才在开山岛上捕鱼。中共灌云县委宣传部提供

因为民兵是不脱离生产的群众武装组织，执勤、训练只有误工补助，没有正式工资。20 世纪 90 年代起，王继才夫妇每年可以领到的补助共约 3700 元，平均每人每月仅 150 多元，很久没有涨过。自 1995 年岛上建成灯塔站后，他们代市航标管理处管理灯塔，每年可以额外再获得 2000 元的辛苦费。还有打捞鱼蟹的微薄收入，仅此而已。

在很长很长时间里，一盏煤油灯，一个煤炭炉，一台收音机，几十面国旗，是这个岛上之家的全部家当。

"别人家里有存款单，我家里却有欠账单。"这是王继才一句自嘲的话，却是他家庭情况的真实写照——夏天，王继才为了减少旧衣服的磨损，在岛上很少穿鞋子，就穿个大裤衩，光着脚丫赤着背干活；喝酒时，他的要求也很低，妻子炒一盘咸黄豆就着九毛五一瓶的云山白酒喝，便知足；每年春夏秋三季，王继才双腿泡在海水中，捞鱼摸虾，捡贝类、铲海蛎、放蟹笼，大点的托渔船捎回港口上去卖，小点的才舍得自己解解馋，挣点微薄的收入补贴家用……

然而当上级领导问他家里有什么困难时，王继才总是回答说"没有"；每当上级要给他涨工资，王继才总是说"够花了，再说吧"；每当收到军地送来的慰问金，王继才总是很快就用到小岛建设上。因为在王继才看来，小岛是自己的家，守在家里、建设小家怎么能让公家再花钱？

为国守岛、不计回报，是王继才一生不渝的信念；可经济上的拮据，却在王继才一家人心上打上了沉重的烙印。

1997 年冬，春节将至，燕尾港镇上渔船停满了码头，各家门前晒着各式腊肉、香肠、鱼干、腌菜，孩子们在小巷里追闹嬉戏，整个镇里洋溢着节日的气氛。

这天，王继才也乘船来到镇上，准备把在岸上生活的孩子们接到岛上过年。

"爸爸，你来了！"王志国和姐姐王苏、妹妹王帆见着了好不容易回家一趟的父亲。

"小志国哎，家里没钱了……"

令正在上小学的王志国万万没想到的是，父亲一见面，吞吞吐吐半天以后，竟说出了这样一句话。

王志国低了头，父子俩就这么相对沉默着。他知道父亲是个很有自尊心的人，不到万不得已不会开口提钱的事儿，但是他更知道家里的境况——陆地生活的不适应与一贫如洗的家境，很容易就让小志国的心思变得敏感而自卑。

就这样，王继才让王志国带着路，挨个找到条件比较好的同学，挨家挨户借钱。

只要50块钱，就能在镇上买点过冬的粮食，这个年就可以过了！

可就是这50块钱，却能压垮王继才一家！

"老王，我家小船最近坏了，正准备换个发动机，手头紧得很。"

"王开山，家里准备开春后再买几头小猪，我们手里也没钱啊。"

"孩子他奶最近身体不太好，可能要住院，这……"

父子俩在镇上不知道敲了多少门、跑了多少家，难以启齿的话磕磕巴巴说了一遍又一遍，却一分钱都没借到。其中有一家看是王继才带着儿子来了，连大门都没有打开。因为大家知道，王继才长期守岛，经济能力差，家里是个"无底洞"，自己的钱大半有去无回，谁都不愿借钱给他。

冬日寒风中，王继才脸上的神色越来越差，王志国的脸埋得越来越低。

只有一个办法了。王志国只得找到一位父亲在农行工作的同学家里。

王志国记着这位同学的家。

这位同学的家独门独院，一道冰冷的大铁门上面仿佛写着"生人勿近"几个字，每次王志国经过，都下意识地绕着走。

在幼小的王志国心里，这道大铁门背后的人家，应该不会在乎 50 块这么少的钱。

平时绕着大铁门走的王志国，终于带着父亲走到了大铁门的门口。

寒风把王志国吹得一阵哆嗦，他的嘴紧抿着。他想跑回家里躲着，谁也不愿意见，谁也不愿搭一句话。可他知道，父亲的内心有多么渴望能借到 50 块钱，让全家过好这个年。

王志国抬眼看看神色落寞的父亲，知道他不太愿意敲门，只好自己上前去敲。

哪哪哪，王志国快被冻僵的小手敲响了那扇大铁门，发出的声音不禁让他自己吓了一跳。

里面有人应声，远远地问了一句："什么事？"

王志国只好把说了无数遍的话又哆哆嗦嗦地重复了一遍。

话音落了，眼前的这道门，仍然紧紧地关着。

腊月里的风声越来越大，里面、外面，渐渐地也都没了动静。

这年除夕，岛上的年夜饭格外"丰盛"，王仕花用岛上的野菜炒了鸡蛋，用从岩石上挖的海蛎子炖了盆汤，用韭菜粉丝包了饺子，杀了只养了很久的芦花鸡，一家五口人围坐在桌前，屋外狂风怒吼，屋内默默无言……

2002 年，王继才小女儿王帆到了上初中的年纪，却遭受了一场生平最大的挫折。

那年，她参加小升初考试，考试时非常地紧张，内心很害怕考不上，结果一向成绩优异的她临场发挥失常，得分与镇上最好的中学杨集中学分数线失之交臂。

但她知道，还有这样一个办法：只要交6千元择校费，她就能上杨集中学，向着更大的目标努力。这个办法在很多家长看来，似乎并不算困难：比王帆考得更差的许多考生，父母都愿意为自己的孩子交上万元择校费，让他们能如愿以偿接到杨集中学录取通知书。

看到别的同学大都兴高采烈地炫耀着要去杨集中学念书了，王帆心里既羡慕又忌妒。杨集中学的梦想在她心里埋下了深深的种子，她决定上岛找爸爸妈妈帮忙拿出这6千块钱来。

谁知王帆兴奋地跟父亲王继才说了这个事情以后，等待她的却是久久的沉默。

王继才接二连三地抽了十几支香烟，又沉默了大半晌，最后才十分无奈地跟王帆说："王小帆哎，家里现在很困难，你哥哥也在上学，家里负担很大，我和你妈在这里守岛拿的补贴也不多，家里实在拿不出这笔大资金啊！你就先在乡下条件差一点的学校上初中吧，认真学习也是一样的……"

最后这句话，王继才说的时候声音有点低落了。王帆一听，觉得杨集中学的梦想霎时间在她心里摔了个粉碎！

王帆又气愤又无奈，对着妈妈王仕花嘟哝道："人家爸妈都能在陆地上赚大钱，就你们愿意在这荒岛上守穷，连这点儿小钱都拿不出！"

王仕花一听这话，赶紧把王帆拉出去，悄声说："你这话要是被你爸听到后会生闷气的，他不允许自家孩子这么不尊重他的选择！以后再不许你说这样的话！"

王帆后来回想起来，才知道自己当时是多么年幼无知。6千元对父母来说，简直就是个天文数字，择校只能是奢望。

看着女儿哭着一溜烟下岛的背影，王继才的心里也在煎熬着。

难道自己做错了吗？难道自己守岛是为了让家里人受苦吗？

他何尝不想让家里的孩子都上最好的学校，何尝不想他们能够过上更好的生活，可是他认为守岛是自己的职责，自己在岛上多年，一直自力更生克服困难，现在哪能因为家里的事情动摇多年的承诺？

王继才想了许久，再一次说服自己坚守守岛的承诺——自己没有做什么亏心事，上对得起党、对得起组织，下对得起这里的渔民和百姓，自己是苦了点，穷了点，但是如果和那些为打江山而牺牲的烈士相比，自己这点苦根本不算什么，自己的信仰也决不能因为物质上的拮据而动摇！

想到这儿，王继才站了起来，面对大海再次发出了自己的誓言：寸寸国土寸寸金，寸寸海域寸寸银。祖国的领海权高于一切！

王志国曾不解地问父亲：你这么多年忙这些事，别人给你什么了？你如果肯下岛陪我们，赚钱养家，一家老小怎么会这样？

父亲告诉他，不要管别人怎么对待你，你要对自己做的事有个判断：是不是对国家、对社会、对人民有用？“我没给你们留下什么钱，但是希望能告诉你们一个生活的态度。”

和许多父辈与子辈一样，他们在一次又一次的冷战、反抗与妥协之后，花了很长时间互相理解、宽容，然后认出了命运的面貌。

就在这一次又一次的希望落空后，王家的三姐弟才越来越懂得守好小岛在父母心中的意义，以及父母为之付出的巨大牺牲。

05
坚守的代价：一次又一次的错过

开山岛，一度是王苏最讨厌听到的三个字。

王苏出生于 1983 年，是王继才夫妇结婚后生的第一个孩子。

在她模糊的记忆中，大概是自己三岁大时，父母就撇下了她，上了开山岛，把她交给年近七旬的奶奶照顾。

念小学期间，每次开家长会，王苏的家长总会缺席。同学们经常在背后议论王苏，说她是没爹妈的孩子。是自己不够乖吗？不惹人喜爱吗？为什么父母在我这么小的时候就不要我了……在幼时王苏的心里，开山岛就是她最大的仇敌。

但是她知道，不管父母对她多么不闻不问，有一个时候父母总还是会想起她的——这就是在岛上日用品紧缺的时候。

那时，开山岛上没有煤气，生火只能靠煤球。加之柴米油盐极度紧缺，王继才烟瘾酒瘾又大，几乎全靠岸上的补给。王继才为了补贴家用下海里捕捞的海鱼和螃蟹，也要王苏拿到陆地上来卖。等开山岛的这些海产卖得差不多了，王苏就按照爸妈的吩咐，买盐、买米、买油，还得买上烟酒和煤球，再到码头上挨个询问哪个船老大方便，下次出海途中可以停靠一下开山岛，把东西捎给她爸妈。

王苏第一次接到替父亲卖海鲜的任务，是那次父亲在岛上捕捞了一些石闸蟹，装了一筐，托船老大运到了陆地上，寻思让王苏在集市上卖了赚几个钱。

燕尾港镇的集市上，突然出现了一个卖海产的幼小身影。一个平时里连话都不敢跟人多说的小女孩，此时却要在集市上吆喝叫卖了。

"新鲜的小黄鱼""梭子蟹便宜卖了"……集市上的叫卖声此起彼伏，精明商家的眼睛围着来来往往的行人来回转，让王苏更加觉得浑身不自在。

不到十岁的王苏蹲在路边，面前放着一筐蟹，头也不敢抬。她怕被行人看到，怕被同学们嘲笑，更怕有人来跟她讲价。如果有人来问价，她也从不叫高价，只盼望着早点把手头的螃蟹卖出去。结果到最后，一筐蟹才卖了十几块钱。

卖掉以后，王苏如蒙大赦，逃也似的跑回了家。

除了卖海货，王苏还要帮父母买鱼食，供他们在岛上捕鱼所用。这个时候，王苏一下学就要天天在码头上等船，看哪个船老大的鱼食便宜一些。找到

王苏小时候在开山岛留影。中共灌云县委宣传部提供

便宜一些的鱼食，再商量好价钱买下一大袋，运回家的工程又落到了王苏头上。那时鱼饵袋的绳子很粗，一次次提回家，王苏的手上就起了厚厚一层的老茧，等老茧掉了，又一层层地脱皮。

她想找个人哭诉——一双稚嫩白皙的手，就这么被厚厚的老茧给覆上。可家里还有弟弟妹妹等着她做饭，她没有时间感伤，只得抹了把眼泪，摩挲着自己的双手，默默走回家。

卖了海鲜赚了钱，帮父母购置了岛上的日用品，王苏就一手拖着编织袋装的几十斤煤球，一手拽着大米，肩膀上还挎着几瓶散装的白酒和香烟，艰难地行走在渔船之间，四处恳求着船老大能不能带东西上岛。

后来，王苏瘦弱的肩膀实在疼得受不了，家里给她买了一辆自行车运货。到了运货的时候，王苏吃力地推着一辆不堪重负的自行车走上燕尾港码头，引得路人纷纷侧目。那种感觉很滑稽，就像是火车上推着推车售卖火腿肠八宝粥的乘务员，只不过这位乘务员和那辆推车差不多高，车上什么货物都有——煤球、鱼食、大米、烟、菜……

不需要卖海鲜和运货的时候，王苏还需要做小时工补贴家用。拣虾皮里的杂质、剥海蜇头的皮……苦一天下来能赚几十块钱的辛苦钱。可就是这一点辛苦钱，她自己都舍不得花，留下来给弟弟和妹妹买衣服。王苏知道被人嘲笑的滋味，她不想弟弟妹妹穿得太破，成天被别人笑话。

可谁又能体谅，在王苏这个年纪，谁不想穿两件漂亮衣服，谁不想成为男生眼中被夸赞的对象……

生活如斯，甘苦自知。

几年之后，弟弟王志国和妹妹王帆也到了上小学的年纪。王苏的任务更重了——除了自己上学念书做作业，为爸妈守岛提供"后勤服务"，她还要照顾弟弟妹妹的日常起居。

就是在这重重的重担之下，13 岁那年，王苏好不容易考上了燕尾中学，当接到录取通知书时，她高兴得哭出声来。

要知道，王苏从小跟着爸妈遭尽了"穷罪"，而通过自己勤学苦读换来的这张通知书里，藏着这个寒门苦女的所有梦想！

上岛！

这是王苏最迫切的想法，她想马上让父母知道，自己虽然摸爬滚打这么多年吃尽了苦头，可从小一心刻苦读书，就是为了让家里能过上好点的生活，让一家人能不再遭这"穷罪"的熬煎！

王苏一边喜极而泣地抽噎着，一边用油纸把录取通知书包了里三层外三层，小心翼翼地装进书包。

第二天一早，王苏便搭了最早出海的一艘渔船，一路坐在船头张望——她迫不及待地想上岛告诉爸妈这个好消息。

没等渔船靠稳码头，王苏就从书包里掏出录取通知书向岛上招着手。她一下跳到岸上，奔跑着扑进王仕花怀里，小心翼翼把通知书拿给她，等待着曾当过小学教师的母亲的表扬。

可接下来发生的一切，让王苏的心从欢喜的天堂坠入暗无天日的深渊。

母亲把通知书拿到眼前看了一眼，并不发话，只是用眼角的余光瞅着王继才。

王继才则是把通知书拿了过来，攥在手上，那感觉像是攥着一张数额巨大的欠条。王苏吃惊地看到，父亲的表情并不高兴，但他只沉默着，并不说话。

王苏的心里想到一个原因，但她拼命阻止着自己往那个原因上去想。

王苏想听到的，是父母的表扬，更是一句肯定的答复。

良久，王继才默默转过身去，蹲在一旁抽着闷烟，王仕花一看王继才这个样子，脸上也再没展现出一丝微笑。

王苏终于忍不住，心里的愤怒一下子冲到了嗓子眼，她冲着父母大喊："是不是怕花钱？！"

王继才猛地吸一口烟，语气并不愉快："小苏哎，不是爸爸狠心，你走了，弟弟怎么办？奶奶怎么办？他们还需要有人照顾……"不知是不是刚才那口烟吸得太猛，王继才的眼角都被熏出泪来。他赶紧把头别了过去。

"孩子，不是爸爸妈妈无情，你应该理解爸爸妈妈。"王仕花也哽咽了。

其实，当王继才说出第一个字的时候，王苏已经猜到了结果，那个她极力不愿意承认，但却活生生摆在眼前的结果。

难道所有的泪水和汗水、所有的苦痛和艰辛、所有深夜里的挑灯夜读，换来的就是这样的结果？

王苏摇着头大声吼道："我不听！你们让我理解你们，你们怎么就不理解理解我的感受？馒头大的开山岛，别人谁都不愿去，就我的爸妈想死守一辈子，别人的爸爸妈妈处处替孩子着想，你们却从来没有想到孩子，从来没有想到我！为了照顾弟弟妹妹，我在陆地上吃了多少苦？为了给你们运货，我的肩膀几乎没有一天不疼！可现在，你们连上学读书这样一个梦想都不愿意帮我实现！是不是在你们眼里，开山岛比我重要得多？是不是为了这个岛，你们就愿意牺牲我？你们既然要守这个岛守一辈子，为什么你们还要要孩子？！为什么？！"

王苏的声音，从开始的愤怒控诉慢慢转向泣不成声，最后只是默默地重复着：为什么？为什么？……

王继才听了这话还想说什么，王仕花已经泪流满面："王继才！别说了！都别说了……"

岛上呼啸的海风刮过来又刮走，三个人只在海风中沉默着，王苏脸上的泪被风干，又流下……

她只感觉，这个岛上的每一秒钟都比一个世纪还长。

王苏记不起自己是怎么从岛上下来的。

一边是她梦寐以求的可以改变命运的求学之路，另一边则是可预见的照顾老小、喂猪干农活的村妇人生。

父母并没有给她做决定，她明白，最艰难的这个抉择，只能自己来做。

王苏把通知书看了又看，通知书上的每个字她读了又读，终于一狠心，把通知书甩在抽屉里，猛地关上——

用双手死死按住抽屉，她再不提起。

她已经决定了，收起眼泪，辍学回家，照顾奶奶和弟弟。

日子就这么一天天地过去，转眼到了 2007 年 11 月 18 日。

这是王苏生命中的大日子，过惯了苦日子的王苏终于有了她生命中的依靠，她和丈夫在这一天举行婚礼。

王苏一心盼着守岛的父亲前来，带给她祝福和惊喜。

早在半年前，王继才就答应王苏无论如何一定来参加她的婚礼。他知道，一直以来，他对女儿亏欠太多，他只能通过这种方式弥补一二。婚礼现场的发言致辞，他在岛上已经排练了无数次。

可就在这一天，王苏足足等了父亲几个小时，化好的妆哭花了一次又一次，肿起的眼睛里藏着无数的期待，可这期待里又藏着无数的遗憾。

要知道，偏偏就是在婚礼这天，一阵突如其来的风浪，斩断了开山岛通往陆地的所有海路，找不到任何过往的渔船能把这位焦急的父亲送下岛去。

直到落日的余晖洒在岛上，王继才不得不接受错过女儿婚礼的事实。

他抱着一瓶酒，来到开山岛的最高处，遥望着陆地的方向，心痛难当，老泪纵横。

王继才从宿舍里拿出一张陪伴了他二十多年的老照片——那是上岛前王继才带着妻子和女儿拍的唯一一张照片。上岛那天，王继才把它从家里"偷"了出来，一直珍藏到现在。可就是现在，女儿一生中最重要的时刻，他却又一次失约。

难道履行守岛诺言对自己来说，就意味着一次又一次的错过？

王继才经常拿出女儿王苏的照片翻看。中共灌云县委宣传部提供

他不禁想起了 1998 年，老父亲王金华病重住院。王继才明白，自己上岛以后就很少照顾年迈的父亲，这次父亲病重，王继才心急如焚，一心想回陆地上看看，但当时正值国防战备检查走不开，几天后执勤结束，王继才请假后急匆匆地赶回家。刚走到村头，就听到家里传来阵阵哀乐，看到躺在灵堂上的父亲时，王继才跪地痛哭！

"你父亲说了，自古忠孝难两全，为国守岛是大事，就是死的时候你不在身边，也不怪你！"母亲一边擦着眼泪，一边安慰王继才。

王继才心里一阵酸痛，暗暗对天发誓：无论如何，我王继才一定要对母亲尽孝！

可等到母亲病重时，相似的情形又再次重现——

2012 年 12 月的一天，王苏给王继才打来电话，说九十多岁的奶奶最近一直卧床不起，这几天情况不太好，想让王继才抽空回来一趟。

王继才挂了电话，抓紧忙完手头工作。等三天后赶回老家时，他最担心的事发生了，母亲在他到家前不久溘然长逝，连最后一面都没见到……

家里人给王继才重复了母亲临终之言："我如果走了，最不放心的是小二牛，家里人能帮衬就多帮衬点，别让他累着，岛上已经够苦的了。"王继才听后，长跪在母亲灵前痛哭不已。

"父母去世都没在身边，女儿出嫁唯一没有参加婚礼的就是我这个父亲。但想到没有辜负亲人的嘱托，想到吃尽一家苦，换来万家欢，我无怨无悔。"王继才自己极少说起这几件事，当被别人问起时，总不禁泪目。

王继才夫妇在开山岛上举行升旗仪式。中共灌云县委宣传部提供

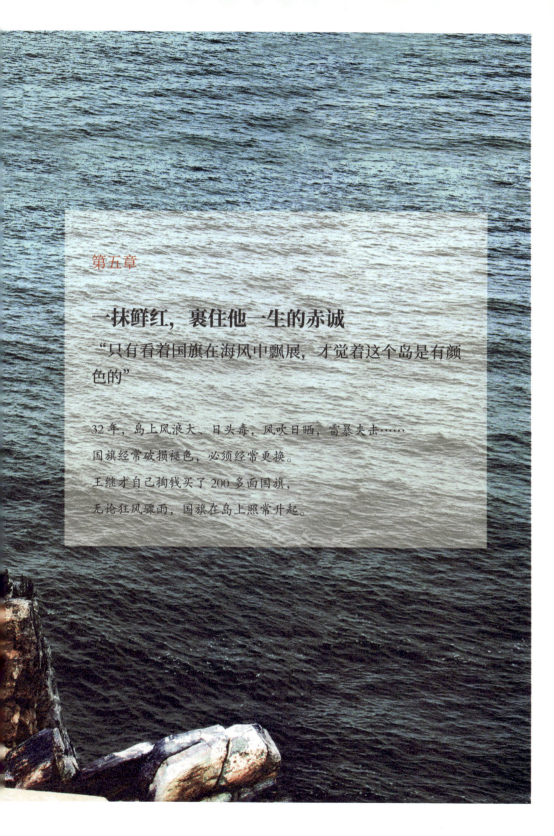

第五章

一抹鲜红，裹住他一生的赤诚

"只有看着国旗在海风中飘展，才觉着这个岛是有颜色的"

32 年，岛上风浪大、日头毒；风吹日晒，雷暴夹击……

国旗经常破损褪色，必须经常更换。

王继才自己掏钱买了 200 多面国旗，

无论狂风骤雨，国旗在岛上照常升起。

01
两个人的五星红旗

红!

热烈的红、鲜艳的红!

这是王继才一生中最喜爱的颜色。

"只有看着国旗在海风中飘展,才觉着这个岛是有颜色的。"在王继才心里,对国旗有着深深的眷恋。

事情得从 1986 年说起。

那年 8 月,王仕花决定辞职,陪王继才一起守岛。不久后,公公王金华上岛来看望他们夫妻,带给他们一面崭新的国旗,嘱咐道:"开山岛虽小,但每一寸都是国土。国庆就要到了,我希望你们俩能在小岛上升起国旗。"

看着父亲特意带来的国旗,王继才思绪万千。他知道,父亲是名老党员,这样做用心良苦:不仅是出于爱党爱国的赤子之心,更重要的,是想用国旗作为鼓励,勉励他守好每一寸国土,不希望他做一名逃兵。

抚摸着国旗上的五角星,王继才想起了曾参加过抗日战争和解放战争的二舅魏加明。记得小时候,二舅曾拿着一枚军功章告诉王继才:"在一次战斗中,我冒着敌人的炮火去插红旗,被弹片击中左肩,忍着剧痛,但一直把旗帜高高举起。"

　　"旗帜就是阵地，旗帜就是胜利。人在旗帜在，旗在阵地在。"这句话，在王继才心里烙下了深深的印记。

　　想到此处，王继才越加明白了守岛的意义："开山岛就是我的阵地，打江山我没赶上，守江山必须有我。无论遇到什么危险，哪怕付出生命的代价，一定要让五星红旗在岛上高高飘扬！"当年埋在心头的种子，此刻在开山岛上生根发芽，王继才暗下决心，决心要让国旗每天都在开山岛上升起。

　　在哪升旗、如何升旗都需要自己考虑。

王继才王仕花夫妇在北京和国旗班战士交流。中共灌云县委宣传部提供

王继才想起政委说过，开山岛的最东边离日本最近，当年日军就是以开山岛作为跳板登陆到燕尾港，残杀中国军民。于是，王继才把升旗的点位设在了最东边的瞭望台顶上，这是小岛离日本最近的地方。

没有旗杆，他们用一支坚韧的竹竿改造成旗杆。

没有旗台，他们用一块块碎石和水泥砌成了国旗台。

1986 年 10 月 1 日，王继才夫妇起了个大早，开始了属于两个人的第一次升旗仪式。与其说是升旗仪式，更不如说是唱国歌、向国旗敬礼仪式。

"立正！敬礼！"王仕花把国旗套在竹竿上，用力喊道。

王继才马上双脚并拢，右手五指并拢高举至眉，伴随着脚后跟的咔哒声，深情地注视国旗、敬军礼。

"起来，不愿做奴隶的人们。把我们的血肉，筑成我们新的长城……"

开山岛上空，红色的国旗和金色的太阳一同升起；两人脚下，棕色的海浪和赭色的礁石击打着庄严的节拍。

有时是王仕花护旗喊口令、王继才敬礼，有时换王继才护旗。两人是护旗兵，也是升旗手。

此后，几乎在漫长守岛岁月中的每一个清晨，都会出现夫妻两人升旗的身影。

其实，在开山岛的巡防任务里，原本没有升国旗这一项。第一次升国旗是为了父亲的嘱托，但后来，王继才夫妇渐渐发现，这件颇有仪式感的事情，意义远比想象中大得多。

"开山岛插着国旗，我们天天守的就是国土。"王仕花渐渐明白。

"开山岛虽小，却是祖国的东门，必须升国旗！" 王继才也斩钉截铁地说道，"人在，旗在；旗在，阵地就在！"

千百年来，从来没有人类在开山岛上升起过旗帜。

1986 年 10 月 1 日，开山岛历史被改写，鲜艳的五星红旗从此在这里高高飘扬。

自那之后，五星红旗便成为开山岛最醒目的标志。

渔民出海归来，远远看到岛上的五星红旗，就知道到家了。

王仕花说，国旗升起来，就是告诉岸上的人们，我俩在这里，大伙儿请放心。

02
岛连着北京，心系着祖国

每个清晨，在北京的天安门广场，都有一面五星红旗伴随着第一缕阳光升起。

很长时间以来鲜有人知的是，千里之外的一座黄海孤岛上，无论风霜雨雪，也有一面五星红旗几乎同时升起。

七十年来，天安门广场上的国旗和国旗护卫队战士，每天都吸引万众瞩目。

三十多年来，孤岛上不曾中断的升旗仪式，却只由一对夫妻完成。"到北京天安门广场亲眼看一次升旗"是他们多年的梦想。

经过媒体报道，"孤岛夫妻哨"的事迹渐渐传了开来。2011 年国庆节前夕，王继才夫妻俩人受邀来到北京录制节目。

这是他们第一次来到北京，也是第一次在天安门广场观看升旗。听到庄严的《义勇军进行曲》，看到威严的国旗护卫队和飘扬的五星红旗，王继才想到了自己守卫了 25 年的开山岛，想到了他和妻子每天进行的升旗仪式，想到了自己在国旗下敬的军礼，内心油然生出一种骄傲与自豪！作为一名护旗手、一名国旗和国土的守护者，他做到了！

在北京，王继才夫妇还认识了首任国旗班班长董立敢，说起升旗，他们之间就有了聊不完的故事。

听了王继才的讲述，董立敢被王继才夫妇的守岛精神大为感动。他提议，募集资金，为开山岛援建一个全新的升旗台，届时他将和几任国旗班班长一起，参加开山岛上的升旗仪式。

王继才听完后无比激动，感觉自己像是在做梦。

从北京回来后，王继才特意买了一本《中华人民共和国国旗法》，详细了解国旗的历史以及每颗星星代表的意义。"虽然坚持了这么多年，但每天清晨的升旗仪式还是会让我们夫妻俩热血沸腾。"王继才在 2011 年11 月接受新华社记者采访时说，他目前最大的心愿是希望新国旗台早日建成，能够在他们守卫了 25 年的海岛上举行一场更加庄严神圣的升旗仪式。

这年年底，一座专门制作的 2 米长、1.5 米宽的全钢移动升旗台和 6 米高的不锈钢旗杆从北京运抵开山岛。

几天后，2012 年元旦，一场特殊的升旗仪式在开山岛后山小操场上举行。

董立敢没有食言，天安门国旗护卫队，果真不远千里来到了开山岛。

中午 12 点 20 分，升旗仪式正式开始。在天安门警卫支队副参谋长刘建光、国旗护卫队三班班长常超护卫下，王继才肩扛国旗，三人正步来到崭新的旗台前。

常超接过王继才手中的国旗，熟练地把它系在崭新的不锈钢旗杆上。

"立正！敬礼！"随着刘建光一声令下，常超猛一挥手，鲜艳的五星红旗便在艳阳照耀下迎风飘扬，伴随雄壮的国歌缓缓升起。

正午的海面波光粼粼，和国旗的一抹鲜红，一起倒映在王继才夫妇的眼中。他们激动得有些颤抖："那一刻，注视着冉冉升起的五星红旗，觉得所有的艰难、痛苦都有了意义。"

仪式结束后，董立敢特意向王继才夫妇捐赠了一面曾经在天安门广场升起过的国旗，笑着说："同一面国旗，在边陲小岛和祖国心脏都升起过。这说明，岛连着北京，心系着祖国！你们是我们的榜样！我代表国旗班的全体官兵向你们致敬！"

岛连着北京，心系着祖国！

2012 年 1 月 1 日，王继才（中）与原天安门国旗护卫队中队长刘建光（左）、现任天安门国旗护卫队三班班长常超一起进行"特别升旗"仪式。沈鹏摄

这是对数十年如一日坚守孤岛的王继才夫妻的最大褒奖。

"能够为国旗增光添彩是我们夫妻俩最大的愿望,今后,我们还要继续站好岗放好哨,让祖国人民放心!"王继才激动地回赠了开山岛上用旧的一面国旗,作为感谢。

当天,开山岛上的喜事不止一件。夫妻俩迎来的除了天安门国旗护卫队,还有久违的电力供应。

连云港市政府向夫妻俩赠送了一套特别的太阳能离网发电系统,营房的屋顶上会陆续铺设数百平米的太阳能光伏面板。如果天气晴好,阳光照射充足,这套系统能产生较为稳定的低压交流电,并可储存少量供夜间使用。

实际上,开山岛上台风频发时连日阴雨,海面上也常阴晴不定,时有大雾。受客观条件限制,这套为开山岛量身定制的系统,一个月真正能工作的天数并不多。但对王继才夫妇来说,这已经是天大的好消息了。

就这样,夫妻俩终于有机会用上电灯、电视,手机也再不用请过往渔民带回岸上充电。蓦然回首,这时距他们上岛,已经过去 26 个没有电的春夏秋冬。

03
王继才夫妇成了"时代楷模"

2014 年,王继才夫妇被中宣部评为"时代楷模","孤岛夫妻哨"的事迹传遍神州南北,王继才夫妇很快成为全社会争相学习的榜样。

2015 年迎新年军民新春茶话会,王继才得到习近平总书记接见。那次从北京回来,王继才曾不止一次向王仕花讲述:"习主席对我们的情况特别关心,妻子怎么样?孩子怎么样?我说,家人身体都好,孩子们也还有出息，以前渔民出海都是小木船，现在是大钢船，大家的生活越来越好了。
习主席听了很高兴。"王继才拉着王仕花的手说，我们一定要守好岛，让
习主席放心。

2016 年，岛上还新建了一座爱国主义教育基地，每年都有几千人上岛
学习。

"全国十大海洋人物""五一劳动模范""江苏省海防先进个人""全
国情系国防好家庭""全国爱国拥军模范"……渐渐地，各类荣誉、奖状、
称号雪花般纷至沓来。但在他们岛上营房里，找不到任何一张奖状、一面
锦旗以及和领导的合影。这些在别人看来无比耀眼的光环，王继才把它们

王继才被授予全国时代楷模。中共灌云县委宣传部提供

全都锁了起来。

"他们就是这样低看自己，淡看自己，小看自己。他锁住了名利、欲望和浮躁，同时，也把自己的心静静地锁在了开山岛，只把荣誉和光环当作是加强守岛工作的动力。"王继才夫妇的老朋友焦裕平回忆道。

在王继才心里，荣誉看得多了，眼会花，心会浮躁，不如踏踏实实多做点事情。不善言辞的他本不愿在全国宣讲，但后来渐渐发现，把他们在开山岛的真实经历告诉全国人民，在大家心里撒下爱国奋斗的种子，是比守好一方小岛更重要的事情。

"随着媒体的采访，我们守岛的事情被全国人民所知。苦尽甘来，到处是鲜花和掌声，每到一处，向我们投来的都是赞美和敬佩的目光，有些网民纷纷问我对生活还有哪些期许。我有必要谈谈我的心里话，谈谈我对生活的理解和感受。

"其实，我原来只是一个普普通通的人，家住灌云县鲁河乡，是个地地道道的农民，虽然离家已经很多年了，但是我还是想生我养我的故土，朝思暮想家中的亲人。回家之后，让我大为感慨，现在的农村，环境优美，国家免掉了农业税，为了鼓励农民种田的积极性，还进行补贴。看病、盖房、养猪，哪怕是买一些家电，都有补贴，都有优惠政策。农民到了60岁，国家还要给养老钱，中国历代皇帝都做不到，共产党做到了，共产党真好。看到今天农村的变化，我作为岛上的一名普通战士，激动，高兴，感慨。我一个普普通通的士兵，和妻子做了我们应该做的事，党和人民就给了我们这么多的荣誉，对我们给予这么高的评价，我们还有什么理由不努力，不进取呢？

"守岛几十年，也苦过，也累过，有过眼泪，也有过欢笑，现在回想起来，我还是无怨无悔，心满意足。"王继才如是说。

在一次电视节目录制现场，有嘉宾提出："现在我们国家强大了，有钱了，不需要王继才你这样的人守岛，只要花钱肯定能找到愿意守岛的人，十万人不来，一百万总有人来吧，一年换一个都行。"

王继才立刻大声顶了回去："你说得不对！组织让我去守岛，就是不给钱我也要去守！你可以骂我傻，但是不能用钱多钱少衡量国防事业！"

提出问题的嘉宾立马汗颜了。这并不是提前设计好的桥段，他没想到，王继才会如此耿直地说出心里话。

随着媒体报道不断增多，王继才夫妇的名气越来越大，请他们下岛宣讲先进事迹的邀请函也越来越密集。北京、天津、南京、上海……夫妻俩的身影在更多地方出现。

王继才夫妇得过的部分奖状和荣誉。李响摄

不少人提出质疑："成名"之后的王继才夫妇，是不是不再守岛了？

答案是否定的。每收到宣讲邀请，王继才都会第一时间请示灌云县武装部，得到批复同意并等临时守岛人员到位后，夫妻俩仔细交代好守岛各项巡防任务，才会离岛。

"无论走到哪里，心里总牵挂着小岛。"王仕花坦言，"小岛就是我们的家，无论外面条件多好，却总是睡不踏实。每天天没亮，我和老王就醒了。"

宣讲结束后，他们从不留恋外面没有看过的风景，又马上赶回开山岛。一年里绝大多数的时间，他们仍然在岛上度过。

在他们心里，岛就是家。三十多年岁月流逝，守岛成了守家，守家和卫国也紧紧血脉相连，再也割舍不断。

04
让暴风雨来得更猛烈些吧！

受王继才夫妻先进事迹的感召，社会各界也主动投身到开山岛建设中来。

电力系统得到升级改造，营房宿舍修缮一新，筹备开建新码头……2016 年，开山岛上的生活条件得到较大改善。与此同时，组织上给守岛民兵涨了工资，王苏、王志国、王帆也陆续组成了幸福的家庭。

对王继才夫妇来说，守岛整整三十年，如今终于盼到了"好日子"。开山岛焕然一新，但王继才守岛的情怀和信念丝毫没有改变。

在开山岛民兵哨所的库房里，有座一人多高的立柜。几次清理库房，王继才都把它视若珍宝，生怕有所遗失。这里面存着的，是满满一柜用旧的五星红旗。

岛上风大湿度大，太阳照射强烈，国旗容易破损、褪色，平均两三个月就要更换。每换下一面用旧的国旗，王继才就会把它洗晒干净，整齐地叠放在柜子里珍藏起来，一面都舍不得扔。

32年来，用旧的国旗装满了立柜，足足有200多面。这其中绝大部分都是王继才夫妇自费购买的。

"日子过得再难，再没有钱，买国旗的钱一定会挤出来。"王仕花回忆道。

有一次，王继才要下岛交党费，便想着顺便买面国旗，再买点治俩人风湿病的药。不料药和国旗都涨了价，王继才身上的钱没带够。他犹豫了一下，还是决定先买国旗，用剩下的钱再买几颗止疼药。他心想：长期风湿性关节炎不是简单的几服药就能治好，忍一忍将就过，但岛上不能一天不升旗。

国家电网工作人员在开山岛房屋顶上铺设光伏面板。2019年6月18日，集光伏、风电、储能和海水淡化为一体的开山岛智能微电网系统在江苏省连云港市灌云县开山岛上正式投运。李响摄爱旗，就是爱国。护旗，就是护国。

临危不忘国，是为忠！

每一次狂风骤起，王继才总是第一时间赶到国旗台，保护他心底那一抹最珍贵的鲜红。那一次，王继才顶着 12 级台风去收国旗。不料返程时一脚踩空，接连滚下 17 级台阶，肋骨摔断了两根。

等王仕花在崖下找到疼得蜷缩在地的王继才时，才发现他怀里紧紧抱着的，还是那一面鲜艳的五星红旗！

王继才心里坚信，在任何时刻，国旗的安危都比自己生命重要。为了五星红旗，他可以放弃一切，随时准备牺牲自己。

王继才夫妇自掏腰包买了 200 多面国旗。中共灌云县委宣传部提供

一抹鲜红，裹住他一生的赤诚。

32 年不间断的孤岛坚守，耐住多少常人难以忍受的寂寞；

32 年最美的青春韶光，无怨无悔地奉献给祖国海防。

而他自己默默承受的，是满身病痛的折磨，赤贫的家庭经济，外来黑恶势力的侵袭，以及忠孝不能两全的煎熬。

就让暴风雨来得更猛烈些吧！王继才有时心里也会想，任凭你风浪再大，在新的一天，我一定有办法，让鲜艳的五星红旗在开山岛上高高飘扬！

千疮百孔，但百折不挠、历久弥新——这 200 多面用旧的五星红旗，正是王继才生命历程和守岛信仰的见证。

王继才夫妇在开山岛上举行升旗仪式。中共灌云县委宣传部提供

黎明中的燕尾港码头。 李响摄

第六章

守岛，就是守国

一名平凡的民兵，也是新时代的奋斗者

"现在的社会，人人都在忙着过甜日子，我王继才一旦下岛，谁来过这岛上的苦日子？怕是一时半会儿找不到守岛人……在这关键时刻，岛上没人守怎么行？还是让我王继才一人过这苦日子吧。"

守岛

01
一名民兵的生命承诺："还是让我王继才一人过这苦日子吧！"

一名民兵的承诺，到底有多重的分量？

1999 年秋天，王继才的守岛任务面临前所未有的考验。

开始时，王继才只是偶尔觉得腹痛，他并没有当回事，只以为是吃海蛎子吃坏了肚子，仍然坚持每天升旗、巡逻。后来腹痛加重，疼得厉害时满脸冒虚汗，只好到镇医院输液治疗。

可治疗了半个月，王继才的病情更加严重了，王仕花心里焦急，但平日里生活已经捉襟见肘的这个家，实在负担不起大医院的医药费，她只好把王继才送到镇里条件相对较好的杨集医院进行治疗。

腹痛没有消减，王继才的腹部开始肿大。护士从他腹部抽腹水，结果抽出来的竟是红色的血水！此时的王继才已经难以进食、大便出血，镇医院无法确诊，让家属赶紧转院到大医院治疗。

王仕花只好一边四处借钱，一边把王继才转到连云港市第一医院接受治疗。

经过一系列检查，结果出来了：胆囊炎、胃穿孔，并发腹腔大面积感染，需要立即住院手术。

随着检查结果出来的，还有一纸病危通知书，让王仕花签字。

晴天霹雳！王仕花怎么能接受得了这个突如其来的打击——如果王继才真的命悬一线，眼下就只有在病危通知书上签字，接受医院手术抢救还有一线希望……可眼下转院做检查的一系列费用，已经让这个本就一贫如洗的家庭千上加两，如果再接受手术，王仕花真的不知道该上哪里借到这么一大笔费用……

王仕花实在没什么好办法，一时间拿不定主意，只得把实情一五一十地告诉王继才。王继才默默叹了口气："仕花哎，咱们既然住不起，就不住了吧。咱们办手续出院吧……"

就这样，王仕花拖着王继才，回到燕尾港镇，买了连云港市医院医生开的几种药，到了一个村子里的小卫生室里躺下了。

回到乡下，王继才的病情持续恶化。王仕花每天醒来，都祈盼着奇迹出现，丈夫的病情能有所好转，可她每天看见的，仍然是丈夫手捂肚子在床上打滚的痛苦神情。

不仅如此，这场大病早已花光了家里的积蓄，还有一沓子欠条塞满了抽屉。这一抽屉的欠条就和催命符一样，好像时时催逼着全家人的命。

这样下去，一家人可怎么过？疼痛难忍的王继才想到了放弃。

一天，王继才把王志国叫到了病床前。

"志国哎，我这次可能熬不过去了，你要像个男子汉，把这个家撑起来……"王继才吃力地一字一句说出这番话。

看着父亲苍老的样子，王志国心酸了，脑海里对父亲平时不曾陪伴关心的埋怨已经烟消云散了，只剩不舍和心疼。王志国在床边噙着泪说："你瞅我也没用，我是不会去替你守岛的。你要放心不下你的岛，就赶紧好起来！"

在家人的陪伴下，王继才就继续在卫生室里躺着，村里的村医日复一日地从他胀大的腹部里抽出血水，他吃着的还是连云港市医院开的那几种药。

几个月之后，王继才竟奇迹般地挺过来了——他是真的担心没人守岛，也实在放不下开山岛啊。

从死神手里捡回了一条命，大家本以为王继才会在陆地上好好休息，甚至趁机向组织提出来换一个人守岛，可王继才却还没等病好全，就又迫不及待地回到了岛上。

"仕花哎，岛上不能没有人升旗，岛上的那些树也等着我们浇水施肥呢。"

王仕花看着他因病消瘦的脸庞，默默地点了点头。

日复一日的坚守，除了恶劣的环境和与世隔绝的生活，还有难以排遣的寂寞和全身病痛的折磨——

刚上岛时，王继才滴酒不沾，可为了对抗咆哮的海风和无孔不入的寂寞，他渐渐有了酗酒的习惯。岛上蔬菜不易贮存，没有菜吃时，王继才就吃一口饭，再吸一口海风，海风佐餐，这滋味在开山岛是独一份。在连米都吃完、断炊断粮时，他和王仕花就下海挖海蛎子，拿回来生吃。

刚上岛时，岛上虫蛇出没，乱窜的老鼠"有筷子那么长"，王继才被咬得浑身是包、奇痒难忍，一顿乱挠就能挠出血来，血干掉了，蚊子再咬，他再抓……到最后咬着咬着，皮也厚了，岛上的蛇和蚊虫根本连碰都不碰他了。

刚上岛时，为了排解寂寞，王继才托当地武装部给他购买了一台收音机，从此这就成了他的宝贝。"没事时听听广播，不管是什么节目，只要有人的声音，我就感到很舒服、很放松。我最爱听的节目是每天的新闻播报，让我知道全国上下发生了什么事情。"

曾经有许多次王继才下岛忘了买电池："在岛上没法听收音机的日子

是很难熬的，能守这么多年岛，收音机是我们最好的朋友。"

多年来的守岛生活，让王继才夫妇的身体千疮百孔。由于长期身处潮湿环境，两人患上了严重的关节炎，王继才湿疹起了一身。

撸起袖子、卷起裤腿，一个个铜钱大小的疤，是苦难生活烙在身上的印记。变天的时候，不需要天气预报，王继才只要从浑身上下奇痒难忍的症状就判断出，第二天肯定要刮风下雨了。

王继才的皮肤是黝黑的，但是由于得了湿疹，他的胳膊和腿上长满了

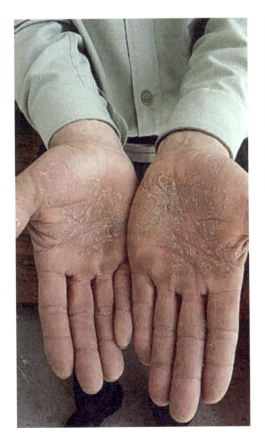

王继才的手上长满湿疹。　王仕花提供

豆大的白点子。密密麻麻的白点子和他黝黑的皮肤形成了强烈的反差。

得了这湿疹，还有更让王继才感到沮丧的地方。

王继才很喜欢泡澡，由于岛上洗澡不便，每回上岸，王继才都要去澡堂"过把瘾"。可有一次，王继才刚进澡堂洗澡，一个小孩看见王继才的胳膊和腿上密密麻麻长满了白点子，吓得哇哇大哭。澡堂的工作人员只好请王继才离开，怕这病过给别人。

曾有人问他："老王，你痒的时候怎么办？"

"痒就抓呗，没事，"王继才说，"亲朋好友认为我们夫妇俩都五十几岁了，也到退休的年龄了，上岸得了。可他们哪里知道我的心思哟，我们夫妇俩，哪离得开开山岛哦。"

曾有人劝他："这个岛你就别守了，我给你在上海找一个场地，你在那里收破烂，一年能攒几十万，两三年你就可以发家了！"

王继才笑了笑说："现在的社会，人人都在忙着过甜日子，我王继才一旦下岛，谁来过这岛上的苦日子？怕是一时半会儿找不到守岛人。最近一段时间海上不平静，我看出来了，有人要闹事，在这关键时刻，岛上没人守怎么行？还是让我王继才一人过这苦日子吧。这些年我也过惯了这里的苦日子。这里的日子苦是苦了点，但我一想起那句话，心里就平衡多了。这句话就是：祖国的领海权高于一切！"

这是一个平凡的民兵，用生命作出的不平凡的承诺——"恶劣环境可以击垮我们的身体，却动摇不了我们守护开山岛和五星红旗的坚定信念。"

时光逡巡间，誓言铮铮，初心不改——

1995年6月，面对躺在病床上的老政委王长杰，王继才立下了承诺："无论遇到什么困难，我一定把岛守好，直到守不动为止！"

2003年10月10日，灌云县人武部为王继才一个人举行了入党宣誓仪式。

面对党旗，举起右拳，王继才庄严宣誓："随时准备为党和人民牺牲一切！"

此时此刻，在王继才的心里，守岛，已经从"有期限的任务"变成了"终生的使命"。43 岁的王继才再次承诺："守岛就是守国，遇到天大的困难，也一定要把岛守好！"

32 年，灌云县人武部的部长换了 9 个，政委换了 7 个；当年从岛上撤下的军人和民兵们，在各行各业收获各自的人生精彩，而王继才夫妇却始终像钉子一样钉在同一个地方，相当于连续度过了 16 个义务兵役期。

一名民兵的承诺，到底有多重的分量？

胜过王继才的生命，更胜过岛上日复一日风刀霜剑般的磋磨。

02
一名民兵的最后时光："我要守到守不动的那一天为止！"

凌晨。

江边。

几缕炊烟。

一片墨蓝的轻纱中，天幕半隐半现。

这是黎明前最后的暗影。

王继才气喘吁吁跑到燕尾港码头，发现海面上已经蒸腾起一层蓝蓝的薄雾。

薄雾中，一个人影静静站在泊口，背后的渔船随着呼吸般的海浪缓缓上下起伏着。

听见身后的脚步声，人影慢慢转过身来：

"继才！你来了！"

突然惊醒。

还是岛上熟悉的营房，还是耳旁熟悉的海风。

2018 年 7 月的这段时间，王继才反复做着这样同一个梦，每每总在泊口的人影转身时从梦中醒来。

那个人影是谁呢？王继才觉得梦中的人影似曾相识，却一时想不起来。

7 月 25 日深夜 11 时，江苏灌云县燕尾港镇海滨社区主任陶明云接到了王继才的一个电话。

"明云，我是王继才。"陶明云是土生土长的燕尾港人，与王继才有几十年交情。

"二哥，怎么这么晚打来电话？"王继才在家里兄弟中排行老二，"二哥"是陶明云对王继才的尊称。

"哦，我回岛了，觉得身体有点不太舒服……"王继才用他一贯瓮声瓮气的声音说着，语气里听不出情况有多危急。

"啊？你怎么回岛了？不是刚跟王仕花在医院吗？"

确实，25 日白天，王继才陪着王仕花离开开山岛，回连云港市第一医院看病。本来想陪着王仕花看完病再回岛上，但王继才惦记着军区上的领导 26 日要去岛上慰问看望。时刻把守岛任务放在第一位的他，决定撇下正在看病的王仕花，回到岛上继续值守。

就这样，王继才连夜赶回了岛上。或许是因为来回奔波身体不适，王继才觉得心脏有些不舒服，本来想忍

黎明中的燕尾港码头。 李响摄

一忍就过去了，可这次他觉得胸口憋闷得紧，呼吸也不似平时顺畅。

陶明云一听就知道，可能是他的老毛病又犯了："保险起见，你就抽时间下来检查一下吧。"

"我觉得也没那么严重，算了吧。"王继才总觉得下岛一趟太麻烦。

陶明云说："二哥，你不要太自信，人出毛病都是50多岁，尤其你又在岛上，湿度大，温度高，电视台报35度的话，你那海边都是40度，有个气温差。现在天气热，我们整天坐在办公室里都觉得不舒服，出门都有种窒息的感觉，你在岛上更得注意，实在不行就下来看看。"

王继才应下了，又闲聊了几句，就收线了。

26日，平静的一天过去了，王仕花在岛下看病，王继才在岛上值守，陶明云在社区工作忙碌，一切看似一如平常。

直到27日下午2点多，正在岛下看病的王仕花突然接到了王继才的电话："王仕花哎……"

电话那头王继才虚弱的声音立马让王仕花警觉起来，她知道王继才如果没有特殊情况是不会给她打电话闲聊的。

她赶紧问："王继才，你怎么了？"

"王仕花哎……我身体不舒服……"

王仕花感觉自己的大脑里嗡——的一声炸开了。她知道王继才有老毛病，还曾经犯过心脏骤停，但他自己一直能忍就忍，也不当回事。她不敢去想，如果哪一天在台风肆虐的时候旧病发作，老王该怎么办。

王仕花赶紧问他："王继才，是不是老毛病犯了？能坚持住吗？我上岛来接你！"

仿佛是岛上的风浪阻隔了通讯，王继才的声音听上去虚弱得让人心痛：

"王仕花哎……我可能不行了……我要走了……我走了，岛以后就交给你来守了……"

王仕花生平头一次听见老王说这种话。她怎么也没想到，王继才竟然会说出这么一句不吉利的话。此话一出，好像有成千上万只蚂蚁在她的心头乱爬，她赶紧说："老王！你别瞎说！你等我！我现在上岛来接你！"

电话那头，王继才听到了妻子一声紧似一声的呼唤，可他再也没有力气回答了。他感到自己的身体在慢慢坠落，仿佛要坠到一个无底的深渊……

就在意识清晰的最后瞬间，王继才蓦地想起梦中的那个声音：

"继才！你来了！"

那个最近睡梦中时常出现的码头旁等他上船的身影，不就是老政委王长杰吗？

那天凌晨的泊口，那片空中蒸腾着的薄雾，那条海中颠簸的小船，决定了自己一辈子的命啊。

此刻，他终于明白了，是老政委在等他了！

"我要守到守不动的那一天为止！"——此刻，筋疲力尽的王继才完成了自己的使命，履行了自己在党旗下的誓言，也践行了自己对老政委的承诺。

他知道，时间到了，是时候去找老政委复命了……

下午4点多，王仕花终于回到了岛上，眼前的一幕让她不敢相信自己的眼睛——王继才就倒在巡逻的台阶上，手机被丢在了身体一旁。

"王继才——王继才——"

连声的呼唤，却换不来王继才的一声回应。

一分一秒都是煎熬！

守
岛

王仕花赶紧联系渔船上岛，搭救这位突然倒下的"岛主"！

赶回燕尾港镇，已经是傍晚6点多，大家赶紧把王继才从船上抬上了救护车。

医护人员在路上不停施救，王仕花在一旁哭喊着王继才的名字。然而，重度昏迷的王继才已经无法听到王仕花的叫喊声了⋯⋯

晚上8点多，王继才被紧急送到县人民医院手术室。

王仕花的脸上挂满了泪花："如果不是我这条腿⋯⋯这条腿为什么这个时候出毛病？我要是没有下岛来看病，就能守着老王⋯⋯"

陶明云在旁边守着她，一边安慰她，一边打电话通知儿女。

一个护士从手术室中出来，人们赶紧围了上去。

小护士说，已经换了6个医生对王继才进行按压，医生实在没有了力气，现在开始用心脏按压机在持续按压。

王仕花一听，身体立时就软了下来，她一边啜泣着一边对护士苦苦哀求："一定⋯⋯一定还有希望的⋯⋯我求求你⋯⋯求求你们⋯⋯"

小护士赶紧扶起她说，现在已经请了市里的重症专家组在会诊了，我们一定会尽全力抢救的。

王仕花听着这话，心里仿佛又燃起了一丝火光。她抹了一把泪，在手术室门口一边捶着她的腿抱怨着，一边死死守着手术室的门。

9点20分左右，"手术中"的灯灭了，手术室的门开了，一群人围了上去。领头的医生看了一眼大家期盼的眼神，解开口罩说出一句："已经没有生命迹象了⋯⋯"

王仕花感到有人在她心口猛地捶了一记重拳，打得她五脏六腑都在翻腾，霎时眼泪从眼眶里溢了出来。

是自己听错了吗？

是老王在跟自己开玩笑吗？

前天两个人还在一起，说起八一建军节的时候，要在岛上升起一面崭新的五星红旗！

怎么突然整个天都要塌了呢？

她的眼睛又猛地盯着手术室上的那盏灯！

她多么盼望这盏灯没有熄灭！只要这灯还亮着，她就觉得总还有一线希望……

然而此时此刻，手术室的灯灭了，她心里燃起的那一线希望，似乎就跟着那盏熄灭的灯，去了……

"王继才……王继才……"

王仕花呜咽着嗓子，快步冲向手术室的门，大声喊着王继才的名字，赶来的女儿王苏本想劝一劝母亲，还没等开口，两行热泪就滚落在了嘴边。

"王继才……"

王仕花又喊了这一句，仿佛浑身的力气被抽干了一样，手指刚刚碰到手术室的门把手，突然眼前一黑，差一点瘫倒在地。

王苏和陶明云他们赶紧把王仕花抬到隔壁的病房休息。

灯灭了。

确定没有生命迹象了。

工作人员把王继才的遗体移到了太平间。

夜里凌晨两点多，儿子王志国和小女儿王帆从南京赶到了灌云县医院，此时的王仕花已经泣不成声，几乎随时就要哭晕在地上。

陶明云把王志国叫到了一旁："志国，你一定要克制自己的情绪，先安慰你母亲的心情，你现在是家里的顶梁柱了。"

而陶明云眼前的王志国，像是想用浑身的力气否定他刚刚听到的话一样，浑身像是筛糠似的颤抖，思绪又回到了不到一个月前的团聚时光……

王志国在边检工作任务繁重，平时家人团聚一次很不容易。

王继才和王仕花。李响摄

　　7月初的时候，王仕花觉得股骨头上的毛病有些严重，正好托了熟人来解放军南京军区总医院看病，王继才抽了一天时间下岛来看她。

　　王志国的儿子那时得了手足口病，王志国正好请了一天假在家陪儿子。王继才从医院回来，三代人——王继才、王志国和他的儿子王向阳一起吃过了午饭，王继才就说着话要上岛了。

　　"这么快又要走？"王志国不想让父亲这么折腾，希望父亲能在岛下多待几天，就是休息一下也好。

　　王继才似乎很着急："岛上没有人，我不放心。"

　　王志国想着抽出时间去医院看看王仕花，王继才还劝他："我和你妈没老，你就不要去了，工作要紧。"

　　王志国只好替父亲约了一辆顺风车，送他到车站。

　　告别的时候，王继才不舍地摸摸王向阳的头："向阳，亲爷爷一下。"

　　王向阳咿咿呀呀着，王继才又说："跟爷爷回去啊。"

　　还不到两岁的王向阳嘴里蹦出一些含糊不清的话来，在王继才眼里更是觉得可爱怜惜。

　　"想不想爷爷？喜不喜欢爷爷？"

　　王向阳奶声奶气地说："喜欢爷爷！"

　　王继才一听，开心地笑了，朝王志国挥了挥手，坐进了车。

　　午后的太阳好烈，王志国甚至看不清逆着光远去的父亲，脸上是什么表情。

　　此时此刻，王志国突然觉得，那天午后的阳光是那么的遥远，此刻夜半无人的阴影里仿佛藏着无穷无尽的黑暗要将他吞噬。

　　王志国记得，自己孩子的名字，是父亲王继才起的："我跟你妈每天迎着朝阳升国旗，就叫向阳吧！"

王志国记得，小时候因为台风过境断粮断炊，一家人不得不吃海蛎子充饥，可王志国受不了腥臭味，在地上撒泼耍赖。王继才气急之下，在营房的栏杆前狠狠地揍了儿子一顿。

王志国记得，当地有人嘲笑他父亲是痴子、傻子，"守岛守傻了"。王继才却一笑置之："物质财富我远远不如你，精神财富你们远远不如我。"

王志国记得，自己当兵，父亲曾高兴得喝起了小酒；自己结婚，父亲把结婚照放在床头；自己上岛时，父亲总要陪他聊到深夜，细数岛上每一棵树、每一块石的变化——他想告诉儿子：岛上挺好的，为国守岛，苦点累点都值！

王志国记得，当他通过自己的拼搏和努力考入南京航空航天大学攻读硕士研究生时，拿着录取通知书，他终于明白了父亲说过的话："不要羡慕别人，别人有的你没有，你有的别人也没有……"

"别人有的，我看到了。我有什么？以前真的不知道，"王志国说，"现在，我知道了，我们作为爸妈的儿女，有的就是他们的精神。这是我们这个家最大的财富。"

——不提条件、不计回报、不渝誓言、不辱使命！父亲用他一辈子的坚守，留给家里子女享之不尽的精神财富，更留给千千万万的奋斗者一座精神丰碑！

王志国浑身抖得更厉害了，他嘴角抽搐着跟陶明云说："我想见见我爸爸，想再见他一面。"

陶明云和县里的领导陪着王志国走进了太平间。

一层惨白的医用被单，隔着王志国和父亲的两个世界。王志国终于不得不接受这样一个事实：他 31 岁的生命中，有什么东西，从这一刻起再也不能倒回了！

王志国轻轻地掀开被单，双手抱着父亲的头！

静默地、静默地停留着。

这是一个孩子和父亲最后的诀别了！

陶明云在王志国身后，默默看着他起伏的脊背，看着他颤抖的双手，最后，王志国被搀扶着一步一回头地离开了太平间。

"让你爸爸好好安息吧。"陶明云帮着王志国轻轻盖上父亲的被单。

父亲的整个人，就这样蒙在那层薄薄的被单里了。

这个为了守岛卫国而砥砺一生的灵魂，从此作别世间最后一道光影……

王仕花给开山岛上的苦楝树浇水。李响摄

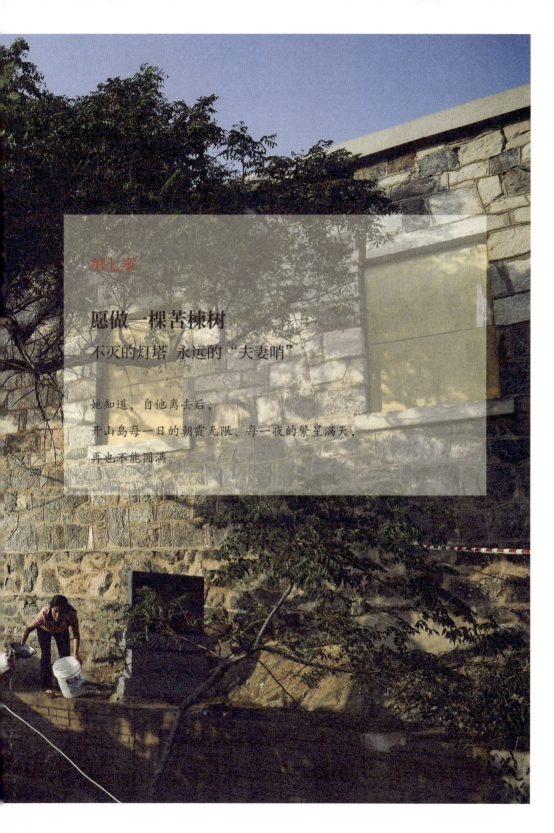

第七章

愿做一棵苦楝树

不灭的灯塔 永远的"夫妻哨"

她知道，自他离去后，

开山岛每一日的朝霞无限、每一夜的繁星满天，

再也不能圆满。

01
那年，他种下的树长出幼苗

2018 年 8 月 8 日，王继才去世后第 12 天，妻子王仕花回到开山岛。

对她来说，王继才就是开山岛的魂，她要尽快回到开山岛，回去那个刚刚离开十几天却已让她魂牵梦绕的地方。

王仕花的话少了很多，开口便是自责："我不该脱岗，不该下岛来看腿。如果我在岛上，老王也许就不会走……"

仿若 32 年前发现失踪的王继才以后，不管不顾地追到岛上的那个年少身影，王仕花此刻迫不及待要上岛。站在水窖旁的苦楝树下，她仿佛重新找回了主心骨。她拖着跛脚拎起桶，给苦楝树浇水。被海风侵蚀多年的这棵树，不过七八米高，却已经长了 29 年。

王继才就像这棵苦楝树，仿佛专为这座岛而生。

1986 年 7 月，王继才初上开山岛。

迎接他的，除了依山而建的平顶营房，就是崖头的哨楼、满目嶙峋的乱石和 208 级环岛台阶。

没有鸟叫，没有树荫，立在王继才面前的，是一座古板的、赤裸裸的、没有生机的小岛。

"王仕花哎，这个小岛太荒了，我们想想办法把这荒岛变成绿岛嘛。"

从此，在岛上植树，成为这两位守岛人给自己新增的几大任务之一。

上岛不久，王继才夫妇就利用巡逻之余在山中的乱石堆中用钢钎凿坑，一天勉强能凿出一两个。

没有土怎么办？王继才就托人从陆地上把土壤一点一点地运来；没有苗也不行，王继才在上岛的第一个植树节，就把从陆地上运来的杨树苗全都种进了土壤里。

在当时王继才的梦里，是经常能够梦到这些杨树苗长大的情景的：狂风到来的时候，这些杨树可以为开山岛挡风；开山岛全是荒山荒地，种上树以后，这里的植被改善了，地里就能长出小草和野花……

直到过了许久，王继才才明白，有很多梦想，在这个与世隔绝的开山岛上并不是那么容易实现的，它们需要被浇灌上许许多多的汗水、泪水甚至血水，需要倍加的呵护与栽培。

上岛第一年，他们种过白杨，全死了。第二年，种了槐树，又没活。

王继才垂头丧气地看着蔫在土里的幼苗：难道开山岛注定是任何生命都难以生存的绝境？

"难道我们两个人在岛上就连一棵树也种不活？"王继才有些质疑自己把荒岛变绿岛的"异想天开"。

"我们再试试看！"王仕花给他打气。

直到第三年，他们带着对新生命的期许，往水窖边的石缝里撒了一把苦楝子。

"树种活了！"

1989年春天的一个清晨，王继才和王仕花升完国旗，就到地里查看幼苗，发现撒下苦楝子的地方，竟有一棵新苗破土而出！

这是荒岛上的新生啊！

王继才心里的绿岛梦，重新燃起了希望，苦楝树旁又种下了松树、桃树、梨树……

日积月累，王继才像照护孩子一般照护这些幼苗。渐渐地，大树旁边种小树，一棵、两棵、三棵成了丛，有了一点防风的作用。开山岛的土质越来越好，原来种不活的树苗，慢慢都种活了。种下去的苦楝树，年复一年地长出新的枝叶……

苦楝树的生命是极顽强的。它虽生长在瘠薄之地，可每到初夏，总能开出一簇簇粉紫色的花，散发出淡淡的清香，待到楝花落尽，就会结出一串串的楝果。

岛上缺土，楝果落地后极少能发出芽来，可一旦成活，便要结结实实活一回。

每一个楝果，就是一片绿色的希望。

日子长了，苦楝树不再是孤零零的，而有了更多茁壮成长的伙伴，营房旁的一棵无花果树，就是其中之一。

走到这棵无花果树旁，弯曲的枝杈用自己独特的方式来躲避着岛上的狂风暴雨，让这棵树能够饱经岁月的沧桑，却依然倔强地生长出自己的模样。

植树不易。对于岛上成活的那棵苦楝树，还有另外几棵无花果树，王继才对它们异常爱护，几个孩子上岛玩耍时不小心弄折一根树枝，都要被王继才斥责。

可就是这样一棵倍加爱护的树，却在某一天被种下它的人刻下了字。

那是在2008年8月8日晚，守着收音机的王继才夫妇俩收听到了一个让人无比激动的信息：奥运会在北京开幕了。

"现在入场的是——中华人民共和国体育代表团！"

夜幕降临的开山岛，四周一片漆黑，海风的呜咽声不时粗暴地打断开幕式的热烈氛围，但王继才还是兴奋地叫了起来："仕花哎，中国代表团入场了！"

仿佛能够看到中国运动健儿们矫健的身影、看到现场欢呼的人群一般，王仕花也连连说："我知道！我知道！"

王继才听完收音机后激动不已，翻来覆去睡不着觉。守岛的苦闷、身上的病痛此刻似乎都不觉得了，他只盼着自己背上能长出一双翅膀来，飞到北京，飞到鸟巢，看看开幕式当天的场景是什么样的——北京的夜，肯定是灯火通明和白天一样；北京奥运会的盛况，那就更是比过年还热闹的场景了！

左右睡不着，王继才起身，披了件衣服在岛上转悠。走到无花果树下，王继才突发奇想：把这激动人心的瞬间刻在树上！

王继才找来一块棱角尖尖的小石头，在无花果树的枝干上一笔一画地刻下：

热烈庆祝北京奥运会胜利开幕！ 08.08

王继才一遍又一遍地抚摸着这些字，心里想着，等这棵无花果树长大了，这些字也会跟着一起长大吧！

别看王继才守望的是祖国东大门上一座寂寞的小岛，但祖国母亲的一颦一笑，却总是牵动着王继才的心。

2012年9月，日本时任首相野田佳彦决定用中央政府的名义购买钓鱼岛，即"钓鱼岛国有化"，9月10日，日本政府以20.5亿日元（人民币1.66亿元）从栗原弘行手中"收购"钓鱼岛及其附属岛屿南小岛和北小岛。

从广播里得知此次事件后，王继才夫妇一度愤怒得睡不着觉。

"小日本怎么能这么猖狂？"

"如果让我们守护钓鱼岛，小日本别想踏上岛上一步。"

在日本宣布"购岛"的那天晚上，王继才辗转反侧，难以入睡。

等夜里的一阵狂风刮过去以后，王继才从床上起来，走到这棵无花果树下，抚摸着"热烈庆祝北京奥运会胜利开幕"那一行几年前刻下的字句，回想着当时心里喜不自胜的感觉，而此时他的内心却有了抑制不住的冲动。

他知道，自己不可能飞到钓鱼岛上守岛，可祖国的每一寸土地，都绝

王继才在岛上的无花果上深深刻下"钓鱼岛是中国的"一行字。中共灌云县委宣传部提供

不容外人践踏！

一股出离愤怒的心情促使着他又找到一枚小石块，在这行字背后刻下了一行字：

钓鱼岛是中国的

王继才和王仕花把心头的愤怒转化为实际行动：那段时间，他们自觉加大了巡逻次数，而且还在夜间临睡前再次对开山岛海域进行巡查。

一盏手电筒的灯光照亮前路，两个孤独的身影成了入夜的开山岛最亮的风景。

02
开山岛变"甜"了

开山岛的日子是很苦的。

开山岛的海风是咸的。它裹挟着海水里的盐碱，带着与生俱来的一股怒气胡乱扑打到岛上来，让岛上的房上、地上，都蒙了一层盐渍。

人的身上也蒙上了一层盐渍，再加上长时间没有条件好好洗澡，盐渍一层层地裹在王继才和王仕花的皮肤上，黏腻难忍，可他们的岛上生活不允许他们洗一次像样的澡，他们只能干忍着，忍到皮肤上都起了盐屑——皮肤也受不了这咸涩的熬煎，用自己最后的办法来抗拒着这无孔不入的盐碱。

开山岛上的饮用水靠的是雨水。登上开山岛，从第一排营房上去，能看到一口水窖，水窖用来存放雨水，这是王继才夫妇在岛上赖以生存的淡水资源。因为雨水里还有大量的浮游生物，洗衣、浇菜可以，但不能直接饮用，即使经过煮沸，依然对人身体有害。所以此前岛上的饮用水多数靠岸上提供，耗费了大量的人力物力运输。

王继才一直想在不给组织添麻烦的前提下设法解决岛上的饮水问题，他先后试了很多办法，但效果都不好。后来他听说用泥鳅来吃掉浮游生物，可以起到净化淡水的作用，这才解决了岛上的饮用水问题。

开山岛的吃食是腥的。断粮的日子里，王继才夫妇都是靠海蛎子充饥——用坚硬的石头当作锤子，一下一下地凿击着附着在礁石上的海蛎子，凿开一个硬壳以后，把蛎肉挑出来，然后再去凿下一个。

煮蛎肉是很简单的事情：把蛎肉洗干净，然后在锅里用水煮熟。蛎肉本来是当地人常见的一道海鲜，可以炭烤、可以爆炒，再加上辣椒、孜然或者蒜片，很是美味。可这样的美味到了没有作料和烤架的岛上，就成了令人反胃的东西。头一两顿，为了充饥果腹，王继才夫妇俩人可以不管不顾地吃进嘴里，但是接下来顿顿吃水煮海蛎子，感觉就大不一样了。这样逼迫自己吃下去的结果就是：往后一闻到海蛎子的味道，他们的胃里就条件反射似的泛酸，喉咙里就不由自主地觉得恶心。

开山岛的生命是很脆弱的。在十多年前，王继才为了给岛上生活的王志国做个伴，养了几头羊，但养了两三次，小羊都掉到了海里，有时一场台风可能就会把小羊卷走，后来也就不养羊了。

让光秃秃的开山岛变成"花果山"，是王继才一直以来的梦想。

要实现这个梦想，光种树是远远不够的，还得种瓜果。

种下那棵苦楝树以后，希望的种子在王继才夫妇的心里渐渐生长起来。桃子、无花果、梨、葡萄……种下去的种子渐渐地吐出绿芽、收获果实，开山岛的苦日子里，渐渐多了一份甘甜。

2018 年夏天，桃子收获时，正巧有人上岛参观。王继才摘了一大盆，兴冲冲地招呼大家吃："来来来，鲜甜鲜甜的！"

人们吃着甘甜的桃子，不敢相信种出这桃子的地方就是他们听闻的好似《鲁滨逊漂流记》里讲述的荒岛。

开山岛的味道真的变甜了。

可如今的开山岛，再也没有那个摘桃人的身影。

王继才走后，满山的树木花草成了王仕花的念想。一上岛，看到桃子树，就想起了王继才的"花果山"，想起了那些和王继才勤勤恳恳植树的日子。

"昨天去看桃子树，树下的杂草都长了半米多高，如果老王在，一定会和我一起除草，这杂草早就没了。"

王仕花的眼中含着泪，那泪水半是喜悦、半是苦涩……

03
另一座"岛"的传承与坚守

2013 年，研究生毕业后，26 岁的王志国选择了投笔从戎。

其实王志国有更安逸的选择。

在研究生毕业前，除父亲以外，母亲、姐姐、妹妹都希望他去研究所或者大型企业工作，而王志国自己也想到北京、上海这些大城市去闯荡发展，并且他已经收到厦门航空和中国南车两个国企的复试通知，机会难得、待遇丰厚。

为了就业方向，王志国思虑良久。他想到幼时最深刻的记忆就是"饿"，想到过年时为了 50 块钱而挨家挨户地求借，想到上高中时借高利贷交学费，想到父母在岛上终年清苦的生活……他知道唯有较好的经济条件才能让自己和家人过上更好的生活，再不用被铐上贫穷所带来的重重枷锁。

但他知道，在这件事上，父亲有自己的想法。这天，父亲王继才终于跟王志国语重心长地长谈了一次："志国哎，我也知道说出来让你为难。但是你爷爷、二舅爹都是老革命，你爸爸我是民兵，你这么高的水平，为什么不投身军营呢，国家不一直提倡大学生参军嘛，我们的国防事业需要你这样高水平的人才。"

其实没等王继才说完，王志国已经明白了父亲的意思。但他没来由地心里泛起一阵抵触的情绪。二十多年来，父亲就守在"水牢"一样的开山岛当民兵，家里没过几天别人眼中的"好日子"，现在连自己毕业了，想要谋求更好的发展，可父亲还要劝自己跟他一样守国防，干这件很多人都不愿意去干的事儿。

王继才似乎看出了儿子的抵触情绪，拿出了那股子守岛的执着劲儿，一次次找王志国谈心："爸爸上开山岛是有信念的，你不守、他不守，国家那么多岛屿不都被人占了吗？同样的道理，现在你不从军、他不从军，那没有部队，哪个来保护自己的国土和同胞？当年我给你起名志国，就是要你立志报国啊。"

看着父亲两鬓斑白的脸庞，王志国明白了父亲的期许。他知道，父亲想要的，不是常在身边的陪伴，不是儿女把他接到岛下来尽孝，而是对他守岛任务的精神层面的理解与支持。那是一种几代革命人传承下来的精神，是一种守岛报国、舍小家为大家的家国情怀——

"不要把金钱当成你人生的唯一追求目标，要理智地思考，去做你认为对人生真正有意义、对国家真正有贡献的事情。"

王志国终于想到了报答父亲的最好方式：参军报国，也替父亲圆了他的军人情结。

他把决定告诉母亲王仕花的时候，王仕花也默默同意了。因为她知道，参军是丈夫年轻时一辈子的理想，也是对儿子志国一直以来的期许。

王志国随即把重心放在了参军报国上面。

2013 年 11 月，王志国以应届大学生的身份报名了 2013 年地方普通大学生入警考试，笔试取得了 112.5 分的成绩，顺利进入复试与政审，并最终被光荣录取。

王志国先后在江苏省边防总队、连云港边防支队工作，后调入南京边防检查站，担任一名边防警官，负责核查往来人员的身份信息。

边防检查官的工作看似是千篇一律的：接过一张张身份证或者护照，查验信息，然后盖章通行。

起初，日复一日机械式地查验证件，让王志国觉得乏味。

王志国回到岛上看望父亲的时候，忍不住向他诉苦："和我想象中的不太一样。"

王继才毫不客气地批评他："如果你觉得一件事平凡，那你一定是没有用心去做。"

王志国猛然间想到，父亲这么多年始终在认真负责地守岛，这一件看似平凡的小事，在父亲看来却比天还大。

从此，王志国学会了做事要一丝不苟。

从 2013 年到 2018 年，王志国累计检查出入境旅客 18 万余人次，始终保持"零差错、零投诉、零违纪"。

"父亲用一辈子兑现了'守到守不动为止'的承诺。"王志国觉得，自己的根在岛上，在父亲身上。如今，父亲不在了，但父亲的精神就是自己的根，自己只要随时铭记着父亲的精神，即使走得再远，也绝不会迷失方向。

04
"我要在开山岛继续守下去"

2018 年 8 月 5 日清晨，王仕花从睡梦中醒来，枕头竟湿了大半。

她又梦到了王继才。那些和他一起守岛的日日夜夜，即使在梦里，也依然如此清晰。

早上起来，王仕花还似乎听到那个熟悉的声音喊着自己："王仕花哎，抓紧起来嘞，天不早了，去升国旗喽，去巡逻喽。"

32 年里，这是王仕花几乎每天都要听到的话，而今，却再也听不到了。

就是这一天，王仕花做出了一个决定。

她向上级有关部门递交了一份申请书，申请继续在岛上守下去。

王仕花想通过这种方式来继续守候王继才和她在一起的日日夜夜。

"王仕花同志，你考虑清楚了？"组织上知道，王仕花的身体并不好，她有股骨头坏死的毛病，需要静养，而岛上的恶劣环境实在不利于她的伤病。况且，王继才刚刚去世，她现在执意上岛，难免会触景伤情。

"我已经考虑清楚了，王继才走了，兑现了他对组织的承诺，我也还是想在岛上守着，直到我守不动的那一天。"

王仕花说的时候语气坚定。而此时，组织已经决定，派 10 名民兵预备役人员轮流值守开山岛。

"我们已经决定，要派民兵预备役的同志们轮流值守了，你不用担心岛上没有人看守，也不用担心王继才的遗愿没有人继承啊！"

2017 年 9 月 12 日，王志国（右一）一家与父母在开山岛上向国旗敬礼。　谢明明摄

　　"就算有一个过渡期也好。"王仕花仍然坚持着。她想把守岛需要注意的事项一一交代给他们，她想让这些民兵战士们也知道，守护开山岛的重要性，也让他们知道，他们俩人是怎样在岛上度过了这漫长的守岛时光……

　　办好了这件事，王仕花终于松了一口气。

　　过了两天，她踏上了返回开山岛的小船。看着熟悉海面上逐渐清晰的那座小岛，王仕花的脑海里过电影般，瞬间浮现出一幕幕的往事——

　　"王仕花哎，你看天上也有个黄河，这边这个是织女星，那边那个是牛郎星。"

江苏省灌云县燕尾港镇，王仕花回忆她和王继才的守岛往事时潸然泪下。李响摄

"王仕花哎，就算到了 80 岁，我还把你当成手心里的宝！"

"王仕花哎，守岛这么多年，我吃的苦你吃了，我没吃过的苦你也吃了，下辈子我要好好补偿你！"

"王仕花哎，如果有下辈子，我还娶你当老婆！"

"王仕花哎""王仕花哎"……

多年以后，王仕花每每想起两个人一起守望繁星的夜晚，和王继才粗糙的手心里的温度，泪水就霎时间模糊了她的视线；

多年以后，她仍然畅想着两人 80 岁还一起守在开山岛，一起升国旗、放哨、做饭、唱歌、看星星；

多年以后，"黄河"还在天上，皱纹爬上了王仕花光洁的脸庞。一串珠子从她眼角的皱纹里淌了出来："岛就是我们的家，他离不开我，我离不开他，我能明白，我一直都明白……"

"他还说过要把我当个宝，捧在手心里一辈子，直到 80 岁……可是他才 58 岁……他，失约了……"

思绪此起彼伏间，王仕花早已泣不成声。

她知道，自他离去后，开山岛每一日的朝霞无限、每一夜的繁星满天，再也不能圆满。

终于，一路颠簸，小船慢慢停在开山岛码头旁。

这里的一草一木，王继才夫妇看得比自家物什都重要；一句守岛的承诺，值得一位平凡的奋斗者用毕生的精力去践行。

王仕花（左一）在开山岛上和轮值民兵一起向国旗敬礼。李响摄

尾声

寻找"王继才们"

2018 年 10 月 1 日，清晨，5 点 50 分，黄海前哨开山岛。朝霞映红了海面，浪潮从海天涌来，拍打着岛岸礁石。

"一——二——一，一——二——一……" 56 岁的王仕花带着 3 名守岛民兵，迎着晨曦，肩扛国旗，向山顶的升旗台走去。

咚，咚，咚，咚……4 人脚踏台阶，步调整齐，铿锵有力；3 段陡坡、4 个平台、58 级台阶……一路登台爬坡，每一步透着神圣庄严。

5 点 58 分，太阳露出海面。3 名民兵在升旗台前列队敬礼，王仕花捧起挂好的国旗，将旗尾用力甩向空中，紧接着摇起了旗杆上的握把。

国旗升起来了。

一抹鲜红，开山岛上那抹最耀眼的红，融入灿烂的阳光里。阳光洒在开山岛上，绿树、鲜花、青草……一切仿佛瞬间苏醒，显出艳丽夺目的色彩。

这天，是王继才去世后的第 66 天。在他倒下的地方，妻子王仕花和新来的民兵们仍在坚守。

　　这是王仕花在岛上第 33 次国庆日升旗。每年，开山岛的国庆日升旗朴素而庄重。在这样的重大节日，他们都要换一面新国旗。

　　"王仕花哎，起来嘞，升国旗咯！"过去，每个清晨，这对守岛夫妻起床后第一件事，就是要把国旗升起来。

王仕花（前）在开山岛上和轮值民兵一起巡逻。李响摄

现在，老王走了，王仕花决心带着年轻人接着把岛守好，首先要做的，就是把旗升好。"开山岛虽小，也是中国的神圣领土。国旗升起来，证明这里有人守护，外人就不敢来侵犯！"王仕花用王继才的话来说明升旗的意义。

随着第一抹朝霞渐染东方海空，王仕花带领开山岛民兵执勤班升旗点名。

"王绪兵！"

"到！"

"胡品刚！"

"到！"

"汪海建！"

"到！"

"王继才！"

大家齐声高喊："到！"

在他们面前，是共和国广阔无垠的海疆，正骄傲地注视着这群守岛报国的卫士！

2019年10月1日，在庆祝中华人民共和国成立70周年阅兵式和联欢活动上，陆军、海军、空军航空兵部队组成受阅机群飞越天安门，各色烟花腾空绽放，此情此景震撼人心，举世瞩目。

在距离北京天安门1000多公里以外的边陲孤岛上，新民兵又特意换了一面崭新的国旗，在岛上照常升起。

这一天的海面很平静。阳光穿过薄薄的海雾，照在鲜艳的国旗上，洒向守岛英雄王继才的铜像——他手指着太阳升起的方向，眺望着波光粼粼的大海。

"人离不开阳光，小岛离不开国旗。升起了国旗，小岛就有了颜色。"
王继才曾经这样解释国旗的意义。如今，红旗下绿意盎然的开山岛，正是
他用青春生命点染出来的颜色。

目前，开山岛已经成为江苏省爱国主义教育基地。国庆节这天，到岛
上来瞻仰学习的人络绎不绝。许多人说："远远看着国旗，就知道开山岛
到了。"

这个时节的开山岛注定与往时不同。

袭岛的海风找不到那个熟悉的身影，发出阵阵呜咽，但有一群新的守

王仕花在开山岛"道德讲堂"上向上岛学习的人们讲述守岛经历。李响摄

卫者们正陆续赶来，誓将这份可歌可泣的精神延续——他们守的，不仅仅是一座岛，更是一颗爱国奉献、矢志奋斗的初心！

初心不改，奋斗最美。

"开山岛不仅是黄海中的一个地理坐标，更是一座彰显新时代奋斗者价值追求的精神丰碑。"灌云县委书记左军说，每个人的岗位不同，但职责都是保卫和建设国家。现在有更多的人上了岛，他们会把王继才的精神带到岛下，带给更多在自己平凡岗位上奋斗的人们。

后记
守护好每个人心中的开山岛

2018 年 8 月 8 日，我们陪同王继才的家人上岛。

在小岛哨所里，王继才生前升过的最后一面国旗，静静放在办公桌上。

这几天，岛上来不及升旗，王仕花把国旗小心翼翼地从旗杆上拆下叠好。

32 年来，对于王继才和王仕花这对"孤岛夫妻哨"来说，升旗，是他们一天中最神圣的工作。

日复一日，他们做着同样一个动作——

王继才挥舞手臂，展开国旗，一声沙哑却响亮的"敬礼"融进国旗沿着旗杆上升摩擦的响声中，玩耍的小狗也消停下来，对国旗行注目礼。

王仕花认真地望着国旗，个头只有一米五的她，连敬礼的姿势都显得有些别扭，但这一幕在我们眼里，却美得叫人流泪。

毛毛和小白是王继才养在岛上的两只小狗，自出生就被带到岛上。夫妻俩每次巡逻，陡峭石壁，它们先去探路；路遇蛇虫，它们驱逐清路⋯⋯

主人走后，守岛的新民兵每次巡逻，毛毛和小白依然会像从前那样，跟在队伍后面。

它们不会说话，却最懂人心。

王仕花抚摸着它们问道："毛毛、小白，岛主去哪了？"

一句话自己还没说完，眼泪已经淌了出来。

上岛不易。我们上岛时，为岛上带去了饮用水和方便面。渔船和开山岛，由一条木板连接，这些物资，就由我们一行人一点一点送到岛上。

许是受惯了烈日与海风的侵袭，王仕花的两颊渐渐染上两片红晕，那是日复一日的艰苦写下的印记。

王仕花的面庞，一看就是习惯于长时间独处、长时间独自吞咽寂寞和苦水的一张面庞，在对待生活上一向是很乐观的，然而丈夫王继才的猝然离世，却让人们在这张朴素而乐观的脸上，多读出了几分憔悴。

"老王的承诺就是我的承诺，现在老王走了，我要继承他的遗志，在开山岛继续守下去……"

女儿王苏本想让妈妈在岸上住的时间长一点，自己也方便多多照顾她。可比起待在岸上，王仕花宁愿回到岛上去，"我们结婚35年，在开山岛32年。你说我的家在哪？"

32年守海岛，王仕花其实已经难以适应外面的世界：她陪着王继才第一次到北京，他俩不会坐电梯，只能爬楼梯；第一次到南京，过街面对滚滚车流犯愁，也不知道有过街天桥、地下通道……

有人曾问他们，你们不羡慕城里的人们吗？

"开山岛，是我和老王的家。"王仕花说，

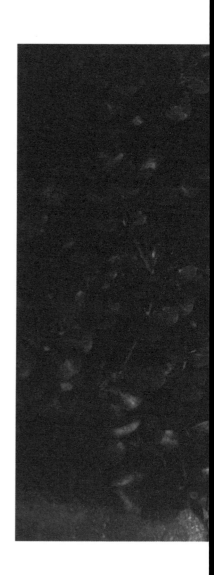

参加完丈夫王继才追悼会的王仕花回到开山岛后在岛上眺望远方。李响摄

守岛

"别人的生活，我们没有过过，也过不习惯。"

上了岛，王仕花特别换上了一身军装接受采访。说起守岛的日子，她总忍不住眼泪涟涟："老王走的两天前，我和他还在这里除草，有说有笑。他给岛上桃树浇的豆肥也准备妥当。老王的生日是农历八月十六，他还盼着今年中秋节儿女们一起来岛上，盼着孙子向阳上岛来吃爷爷奶奶种的果子呢……"

已经身患股骨头坏死的她，上下台阶对疾病十分不利，有熟悉她病情的记者劝她："王老师，您就别跟着我们走台阶了，您在这里跟我们介绍情况就好。"

可王仕花却十分坚持："营房后面的空地上，是我们升国旗的地方，我们每天都上那儿升国旗，今天也一定要带你们去看看。"

对于王仕花股骨头坏死的病症，医生的建议是做手术，但王仕花一直拒绝，她担心手术之后爬不了山路，就再也没法上开山岛了。

我们终于明白，王仕花舍不得这里的一草一木，舍不得就此别过32年的守岛岁月，所以无论腿伤有多严重，无论条件有多艰苦，她依然坚持继续守岛，因为，这里是她这一辈子最美丽、最深情的归依。

离开开山岛时，正赶在夕阳西下前。

我们和王仕花的手握了又握，告别的话说了一遍又一遍，还是不忍就此回头远走，留下她面对孤岛四周这如山如海的寂寞。

汽笛声响起，终于到了最后告别的时候，王仕花站在营房前的苦楝树下，用力挥手与我们道别。

我们向她深鞠一躬，向忠魂长留开山岛的王继才，也向王仕花和守岛的民兵们，向这岛上的一草一树一石，向32年的岁月，致敬！

迎风飘扬的国旗、巍然矗立的灯塔、飞向远方的海鸥，在我们视野中渐渐远去，但那一棵棵苦楝树，却在我们的眼前变得绿意盎然……

还有一句话，王仕花藏着，没有跟我们说："我总觉得老王没走，他还在岛上的某个地方等着我……"

台风过境，吹落了王仕花脚边的牵牛花。

她此刻含着热泪，默默目送着花瓣飘到不知名的远方。

"我能想到最浪漫的事，就是和你一起慢慢变老……"

2019 年 9 月 17 日，王继才被授予"人民楷模"国家荣誉称号。

自此，这位守岛民兵，以他甘于平凡的无悔坚守、以他守岛为国的满腔赤诚，为千千万万的奋斗者树立了一座丰碑。

人人心中都有一座开山岛。把最平凡的工作做到极致，就是守好了我们每个人心中的开山岛，也是我们向"人民楷模"学习的真正意义。

1986 年的 7 月，他义无反顾舍弃小家守护这座孤岛；

2018 年的 7 月，他把 58 岁的生命永远定格在这里。

整整 32 年。

这是一名坚守孤岛的民兵、一位平凡的共产党员所发出的最大光亮！

山海拱手，为君一别！

他的灵魂，与这里的一草一木同在。

他与这世间的距离，就是开山岛在我们心中的高度……

守岛

附录1

国家主席习近平签署主席令

在庆祝中华人民共和国成立 70 周年之际
授予 42 人国家勋章和国家荣誉称号

新华社北京（2019年）9月17日电 国家主席习近平17日签署主席令，根据十三届全国人大常委会第十三次会议 17 日下午表决通过的全国人大常委会关于授予国家勋章和国家荣誉称号的决定，授予 42 人国家勋章、国家荣誉称号。

根据主席令，授予于敏、申纪兰（女）、孙家栋、李延年、张富清、袁隆平、黄旭华、屠呦呦（女）"共和国勋章"。

授予劳尔·卡斯特罗·鲁斯（古巴）、玛哈扎克里·诗琳通（女，泰国）、萨利姆·艾哈迈德·萨利姆（坦桑尼亚）、加林娜·维尼阿米诺夫娜·库利科娃（女，俄罗斯）、让－皮埃尔·拉法兰（法国）、伊莎白·柯鲁克（女，加拿大）"友谊勋章"。

授予叶培建、吴文俊、南仁东（满族）、顾方舟、程开甲"人民科学家"国家荣誉称号；授予于漪（女）、卫兴华、高铭暄"人民教育家"国家荣誉称号；授予王蒙、秦怡（女）、郭兰英（女）"人民艺术家"国家荣誉称号；授予艾热提·马木提（维吾尔族）、申亮亮、麦贤得、张超"人民英雄"国家荣誉称号；授予王文教、王有德（回族）、王启民、王继才、布茹玛汗·毛勒朵（女，柯尔克孜族）、朱彦夫、李保国、都贵玛（女，蒙古族）、高德荣（独龙族）"人民楷模"国家荣誉称号；授予热地（藏族）"民族团结杰出贡献者"国家荣誉称号；授予董建华"'一国两制'杰出贡献者"国家荣誉称号；授予李道豫"外交工作杰出贡献者"国家荣誉称号；授予樊锦诗（女）"文物保护杰出贡献者"国家荣誉称号。

守岛

附录 2

中宣部授予王继才夫妇时代楷模称号

中宣部向全社会公开发布
"时代楷模"柴生芳和王继才、王仕花夫妇事迹

新华社北京（2014 年）9 月 25 日电 新中国成立 65 周年之际，中央宣传部 25 日在中央电视台向全社会公开发布"时代楷模"柴生芳和王继才、王仕花夫妇的先进事迹。

柴生芳生前是甘肃省定西市临洮县委副书记、县长。十几年来，他始终牢记立党为公、执政为民的政治责任，始终把群众冷暖、百姓疾苦放在心头，生活在群众中。工作在第一线，躬身为民、夙夜在公，直到生命的最后一刻，书写了对党和人民的无限忠诚，在群众心中树起一座丰碑，不愧为新时期广大基层党员干部的优秀代表。江苏省灌云县开山岛民兵哨所所长王继才和守岛民兵王仕花夫妇，为了五星红旗每天冉冉升起，28 年如一日，以海岛为家、与海水为邻、和孤独为伴，在没有淡水、没有电、面积不足 20 亩的小岛上，默默坚守、矢志不渝，把人生的青春年华奉献给了祖国的海防事业，用信念和执着书写了精彩人生，不愧为践行社会主义核心价值观的优秀代表。

近一段时间以来，柴生芳和王继才、王仕花夫妇的事迹经新闻媒体广泛报道后，在全社会引起强烈反响。大家纷纷表示，他们的先进事迹和崇高精神，体现了信念坚定、对党忠诚的政治品质，牢记宗旨、一心为民的

公仆情怀，敬业奉献、鞠躬尽瘁的高尚情操，勇挑重担、敢于担当的过硬作风，体现了强烈的爱国之情和报国之志，诠释了社会主义核心价值观的要求。正是因为有一大批像他们这样的先进模范人物，为推进改革开放和社会主义现代化建设提供强大的精神力量，我们才能建设成一个民主富强文明和谐的现代中国，才能实现中华民族伟大复兴的百年梦想。

　　"时代楷模"发布以"我们的价值观、我们的中国梦"为主题，现场发布了柴生芳和王继才、王仕花夫妇的先进事迹，宣读了《中共中央宣传部关于"时代楷模"柴生芳和王继才、王仕花的表彰决定》，播放了反映他们先进事迹的短片，展示了中国楹联学会、中华诗词学会创作的反映他们先进事迹的楹联、诗词和小传。全国道德模范马虎向柴生芳的亲属，王继才、王仕花夫妇颁发了"时代楷模"纪念章和荣誉证书。发布单位有关负责同志，"时代楷模"的亲友、同事及社会各界代表等参加。

附录3

中共中央追授王继才全国优秀共产党员称号

中共中央关于追授黄群、宋月才、姜开斌、王继才同志
"全国优秀共产党员"称号的决定
（2018 年 9 月 27 日）

　　近日，习近平总书记对中国船舶重工集团有限公司第七六〇研究所原党委委员、副所长黄群，某试验平台原负责人宋月才，某试验平台原机电负责人姜开斌同志先进事迹作出重要指示指出，黄群、宋月才、姜开斌3位同志面对台风和巨浪，挺身而出、英勇无惧，为保护国家重点试验平台壮烈牺牲，用实际行动诠释了共产党员对党忠诚、恪尽职守、不怕牺牲的优秀品格，用宝贵生命践行了共产党员"随时准备为党和人民牺牲一切"的初心和誓言，他们是共产党员的优秀代表、时代楷模。广大党员干部要以黄群、宋月才、姜开斌为榜样，坚定理想信念，不忘初心、牢记使命，履职尽责、许党报国，为实现"两个一百年"奋斗目标、实现中华民族伟大复兴的中国梦贡献智慧和力量。

　　近日，习近平总书记对江苏省灌云县开山岛民兵哨所原所长、开山岛村党支部原书记王继才同志先进事迹作出重要指示强调，王继才同志守岛卫国32年，用无怨无悔的坚守和付出，在平凡的岗位上书写了不平凡的人生华章。我们要大力倡导这种爱国奉献精神，使之成为新时代奋斗者的价值追求。对王继才同志的家人，有关方面要关心慰问。对像王继才同志那

样长期在艰苦岗位甘于奉献的同志，各级组织要积极主动帮助他们解决实际困难，在思想、工作和生活上给予更多关心爱护。

为深入学习贯彻习近平总书记重要指示精神，大力表彰宣传信念坚定、对党忠诚、担当作为、干事创业的新时代典型，激励和引导广大党员干部进一步把思想和行动统一到习近平新时代中国特色社会主义思想和党的十九大精神上来，不忘初心、牢记使命，履职尽责、许党报国，努力创造无愧于时代、无愧于人民、无愧于历史的业绩，党中央决定，追授黄群、宋月才、姜开斌、王继才同志"全国优秀共产党员"称号。

黄群，男，湖北武汉人，1967年5月出生，1997年10月加入中国共产党，生前系中船重工第七六〇研究所党委委员、副所长。2018年8月20日，国家某重点试验平台受台风影响出现重大险情，危急时刻，黄群同志带领第七六〇研究所11名同志组成抢险队，冒着狂风涌浪对试验平台进行加固作业，不幸被巨浪卷入海中，经抢救无效，壮烈牺牲，年仅51岁。黄群同志长期从事国家战略型号产品科研与管理，负责或参与多型战略装备总体科研、设计、建造、试验工作。他从不计较个人得失，视国家利益高于一切，长年坚守科研、生产第一线，以"老黄牛"精神担当尽责、苦干实干，持续研究和改进质量管理方法，先后组织完成16项国军标、船标的制定修订，组织建立安全管理体系和责任体系，为国防科技工业质量工作作出突出成绩，为我国舰船事业奉献了一生。

宋月才，男，辽宁丹东人，1957年1月出生，1985年4月加入中国共产党，生前系中船重工第七六〇研究所某试验平台负责人。2018年8月20日，国家某重点试验平台受台风影响出现重大险情，宋月才与抢险队员一起对试验平台进行加固作业，面对狂风巨浪，他坚持最后撤离，因体力不支被巨浪卷入海中，经抢救无效，壮烈牺牲，终年61岁。宋月才同志曾任海军某部艇长、基地副主任等职务，他既是指挥员又是战斗员，身先士卒、亲力亲为。他刻苦钻研、技术全面，屡次带领团队解决诸多技术难题，历时 7 年完成试验平台改造任务，先后编写 7 本试验平台人员培训教材，为提升关键技术奠定了坚实基础。他对事业饱含深厚感情，不为国外高薪聘请所动，以舍小家顾大家保国家的情怀，为祖国建设贡献了毕生力量。

姜开斌，男，湖南常德人，1956 年 12 月出生，1978 年 8 月加入中国共产党，生前系中船重工第七六〇研究所某试验平台机电负责人。2018 年 8 月 20 日，国家某重点试验平台受台风影响出现重大险情，姜开斌冲锋在前，与抢险队员一起对试验平台进行加固作业，不幸被巨浪卷入海中，经抢救无效，壮烈牺牲，终年 62 岁。姜开斌同志曾任海军某部舰艇机电长，他爱岗敬业、能力突出，把满腔热血全部倾注到舰船事业中。他不图名、不图利，退休之后仍以一名"老兵"的热忱和执着参与试验平台工作，把所掌握的专业知识和技能毫无保留地教给年轻同志，手把手地带出一支高水平的专业队伍，带领团队出色完成多项技术保障任务，以实际行动践行了共产党员的入党誓言。

王继才，男，江苏灌云人，1960 年 8 月出生，2003 年 11 月加入中国共产党，江苏省灌云县开山岛民兵哨所原所长、开山岛村党支部原书记。2018 年 7 月 27 日，王继才同志在执勤期间突发疾病，经抢救无效不幸去世，年仅 58 岁。王继才同志始终听从党的召唤，服从组织安排，自 1986 年起，毅然担起守卫黄海前哨开山岛的重任。他和妻子以海岛为家、与艰苦为伴，坚持每天升起国旗，每天按时巡岛，护航标、写日志，与走私、偷渡等不法分子作斗争。他舍小家为国家，守岛 32 年只有 5 个春节与家人团聚，孩子从小无法照顾，父母去世、女儿结婚，都因坚守执勤没有及时赶回。王继才同志把毕生精力献给了祖国海防事业，向党和人民交出了一份爱国奉献的忠诚答卷。

为有牺牲多壮志，敢教日月换新天。黄群、宋月才、姜开斌和王继才同志是习近平新时代中国特色社会主义思想的忠实践行者，是用生命践行入党誓言、用奋斗书写时代篇章的光辉榜样。党中央号召，广大党员、干部向他们学习。学习他们信仰坚定、对党忠诚的政治品格，树牢"四个意识"，坚定"四个自信"，坚持"革命理想高于天"，自觉用习近平新时代中国特色社会主义思想武装头脑，坚决维护习近平总书记党中央的核心、全党的核心地位，坚决维护党中央权威和集中统一领导。学习他们恪尽职守、担当有为的敬业精神，立足本职岗位，不务虚功、干在实处，主动担责、全力尽责，以实干诠释使命，以实干创造实绩。学习他们甘于奉献、勇于牺牲的崇高境界，在祖国最需要的地方艰苦奋斗、建功立业，在关键时刻和危急关头豁得出、顶得住，把理想信念时时处处体现为行动的力量。学习他们淡泊名利、清廉自守的道德情操，清白做人、干净干事，始终保持共产党人的政治本色，自觉践行共产党人价值观。

英雄是时代的标杆，爱国奉献是新时代奋斗者的价值追求。各级党组织要把学习黄群、宋月才、姜开斌、王继才同志先进事迹与深入学习贯彻习近平新时代中国特色社会主义思想和党的十九大精神结合起来，纳入推进"两学一做"学习教育常态化制度化，采取多种形式学习英雄、宣传英雄。要引导党员、干部以先进典型为榜样，坚定理想信念，提高政治觉悟，崇尚英雄、见贤思齐，争当先进、锐意进取，更加紧密地团结在以习近平同志为核心的党中央周围，为决胜全面建成小康社会、夺取新时代中国特色社会主义伟大胜利、实现中华民族伟大复兴的中国梦不懈奋斗。

王继才夫妇站在江苏开山岛的码头（2017 年 2 月 21 日）。李响摄

（京）新登字083号

图书在版编目（CIP）数据

守岛：寻找烈士王继才 / 陈聪，李响著. 一北京：中国青年出版社，
2019.12
ISBN 978-7-5153-1361-0

Ⅰ.①守… Ⅱ.①陈… ②李… Ⅲ.①报告文学－中国－当代 Ⅳ.①I25

中国版本图书馆CIP数据核字（2019）第263955号

责任编辑：曾玉立
书籍设计：瞿中华
封面书法：新　法
封面照片：王冠军

出版发行：中国青年出版社
社　　址：北京东四12条21号
邮政编码：100708
网　　址：www.cyp.com.cn
门 市 部：010－57350370
编 辑 部：010－57350402
印　　刷：北京科信印刷有限公司
经　　销：新华书店
开　　本：710×1000　1/16
印　　张：13.5
字　　数：150千字
版　　次：2019年12月北京第1版
印　　次：2019年12月北京第1次印刷
定　　价：39.00元

本图书如有印装质量问题，请凭购书发票与质检部联系调换
联系电话：（010）57350337